KARSTEN STEGEMANN ist 1963 in Pasewalk geboren und hat Medizin an der Charité in Berlin studiert. Er war Texter und Sänger in verschiedenen Studentenbands, Kulturredakteur und Autor der Zeitschrift *Arranca* und Autor für das Feuilleton der Zeitung *junge Welt*. Seit 2001 ist er freiberuflicher Autor vor allem im Theaterbereich; zu seinen aufgeführten Stücken gehören »Eva Braun Medea«, »Spartakus«, »Hoch Oben« und »Die Abenteuer des braven Soldat Schwejk« nach dem Roman Jaroslav Hašeks.

KARSTEN STEGEMANN

NIEWETOW

KRIMINALROMAN

EDITION NAUTILUS

Edition Nautilus GmbH
Schützenstraße 49 a
D-22761 Hamburg
www.edition-nautilus.de

Originalveröffentlichung
Erstausgabe Oktober 2020
Umschlaggestaltung:
Maja Bechert, Hamburg
www.majabechert.de
Autorenporträt Seite 2:
Susanne Ulke
MIX
Papier aus verantwortungsvollen Quellen
FSC® C083411
Druck und Bindung:
CPI – Clausen & Bosse, Leck
1. Auflage
ISBN 978-3-96054-236-0

Für Nina

1

Niewetow war in jenen Jahren der ideale Ort für Leute, die gern traurig sind. Beinahe jeden Abend hing Nebel über der Stadt auf der Insel, vor deren Küste die Reste der Kriegsmarine einer untergegangenen Armee vor sich hinrosteten, das trübe Brackwasser des Stromes schwappte gegen die Hafenmauern, und Sandkörner prasselten an die Fensterscheiben, wenn der Wind über verlassene Plätze und durch leere Straßen pfiff.

In jenen Tagen starb der Pier von Niewetow, verendete im Meer. Die stählernen Knochen einer riesigen Werkhalle auf dem Gelände der ehemaligen Werft senkten sich seitwärts in die See. Am Ende eines verkrauteten Kanals lagen alte Bauwagen im Wasser; sie waren dort hineingerollt, versunken, und hinter den Scheiben konnte man es wimmeln sehen: Fische und Krebse, die der Strom hierhertrug, bildeten in ihren selbstgewählten Aquarien neue Gemeinschaften; über ihnen das Tuckern der alten Fähre, die stündlich über den Strom aufs Festland setzte, und der Abgasgestank aus den alten Dieselmotoren konnte Übelkeit hervorrufen, so als wollte der einsam am Steuer stehende Fährmann den letzten Passagieren den Abschied von dem klapprigen Kahn erleichtern.

In einem jener seltsamen Jahre also, da der Nebel sich auch tagsüber niemals aufzulösen schien und das Klagelied des Windes nie verstummte, begegnete ich auf einer nächtlichen Fahrt mit der Fähre dem Tod und erkannte ihn nicht.

Es war eine regnerische Nacht, und ich saß über ein Buch gebeugt auf einem der überdachten Plätze an Deck auf der Fahrt vom Festland zurück auf die Insel. Ich wähnte mich allein mit dem Tuckern der Motoren und dem Fährmann, der hinten im Ruderhaus, eine Zigarette im Mundwinkel, die Fähre in der dunklen Fahrtrinne auf Kurs hielt.

Dass ein weiterer Gast mit mir zugestiegen war, bemerkte ich erst, als er schon eine Weile hinter mir hin- und hergeschwankt haben musste, unentschlossen, für welchen der freien Sitzplätze er sich entscheiden sollte. Doch dann hörte ich endlich, wie er sich niederließ, ich wusste, dass er da war, weil seine Kleidung den Geruch von kaltem Schweiß verströmte.

Ich drehte mich nicht um. Ich schloss die Augen und hielt den Kopf starr geradeaus gerichtet.

»Ah«, stöhnte der Mann direkt hinter mir.

Ich spürte, wie es ihn auf seinem Platz nach vorn drückte, und hörte seinen Atem in meinem Nacken. Den Haltegriff des Vordersitzes umklammernd, sank ich in mich zusammen.

»Ah«, stöhnte er, lauter als vorher, wie unter heftigen Schmerzen.

Der Regen nahm zu, als das Boot jetzt den nächtlichen Strom entlangtuckerte, das Wasser klatschte gegen die Scheiben und schwemmte den Anblick der naheliegenden Küste fort. Wir durchquerten den alten U-Boot-Hafen, ohne dass eins der Boote zu erkennen war; der Kahn hob und senkte sich, die Planken quietschten unter uns, die leeren Sitze knarrten und die Signalpfeife schrillte.

Da traf mich von hinten erneut ein lauwarmer Hauch, als der Fremde in meinem Rücken ausrief: »Das Ende!«

Die Pfeife schnitt ihm das Wort ab, so dass er noch mal ansetzen musste.

»Das Ende«, stöhnte die Stimme hinter mir, »ist einsam!«

Es schien, als schluchzte er. Ich starrte geradeaus in den Regen, das Boot schwenkte Richtung Ufer. Der Mann erhob sich so ungestüm, als wollte er sich auf mich stürzen, wenn ich mich nicht endlich umdrehte. Mir war, als streckte er die Hand aus, um nach mir zu greifen, und ich umklammerte die Rückenlehne vor mir noch fester. Seine Stimme schien aus ihm hervorzubrechen.

»Ah, das Ende!«

Die Fähre legte an.

»Ist einsam!«, flüsterte er heiser und stand auf.

Ich hörte, wie hinter mir die Planken knarrten. Jetzt endlich drehte ich mich um: Das Deck war leer, nur das Schlagen der Gangway war zu vernehmen.

Als ich den Ausgang erreichte, meinte ich zu sehen, wie ein Schatten an Land sich in der Dunkelheit auflöste, aber als ich unter dem müden Blick des paffenden Fährmanns von Bord sprang, war da nichts als das Prasseln des Regens auf dem Asphalt und der Lichtschein aus dem Bistro gegenüber. Es war leer bis auf den Wirt, der sich von einem Spätfilm nicht losreißen konnte.

»Einen doppelten Wodka, bitte.« Ich erschrak vor meiner eigenen Stimme.

Ich brauchte dringend etwas zu trinken; irgendwie fehlte mir der Mut, um meine Freundin Kat, zehn Flugstunden entfernt in Kanada, anzurufen und ihr zu sagen, wie es mir ging. Sie wohnte seit zwei Monaten in Toronto, um ihr Studium der amerikanischen Literatur zu beenden; einmal pro Woche rief sie mich an, und wir lauschten fünf kurze Minuten lang jeder dem Herzschlag des andern und sagten einander wieder und wieder dieselben Zärtlichkeiten, Worte, an denen man sich nie satthört, denen man stundenlang lauschen könnte. Wie sehr hätte ich jetzt ihren Zuspruch gebrauchen können.

Aber letztlich war mir ja nichts passiert außer einer nächtlichen Bootsfahrt im Regen und einer heiseren Stimme hinter mir, deren stinkender Atem mir unvermittelt in die Glieder gefahren war und mich davor zurückschrecken ließ, ins Bett zu gehen, das kalt und leer war wie der Kühlschrank an der gegenüberliegenden Wand desselben Zimmers, das ich, angehender Reporter eines unbedeutenden Lokalblatts, in einer ehemaligen Kaserne gemietet hatte. In einem Flügel des weitläufigen Gebäudekomplexes betrieb ein altes Ehepaar eine kleine Pension, die aus einem Dutzend Zimmer und einer Pförtnerloge bestand. Die ersten Tage nach meiner Ankunft war der Glaskasten hinter der Kasernentür manchmal tagsüber noch besetzt gewesen, inzwischen aber, da ich der einzige Pensionsgast war, klebte nur noch ein Zettel mit der Nummer des Portiers am Schiebefenster der beleuchteten Kabine. Diese ehemalige Dienststelle übermüdeter Wachposten war gleichzeitig eine Art Telefonzelle für mich und wurde zum Hotspot des Liebesgeflüsters, wenn ich einen Anruf aus Toronto empfing.

Ich trank meinen Wodka und verzog angewidert das Gesicht.

»Wohl bekomm's«, sagte der Wirt. »Sie sehen aus, als wär das der erste Harte in Ihrem Leben.«

»Kennen Sie das Gefühl, wenn Sie etwas Schreckliches vorausahnen, ohne genau zu wissen, was?«

»Sie meinen, wenn man sich gruselt?«

Ich trank einen weiteren Schluck. »Nein, etwas wirklich Furchtbares, was einem dermaßen in die Glieder fährt, dass man meint, danach nicht mehr derselbe zu sein.«

Der Wirt blickte über mich hinweg, als suchte er nach etwas über oder hinter mir an der Wand. »Haben Sie es mit hereingebracht?«

»Nicht, dass ich wüsste.«

»Dann wird es auch nicht hier sein.«

»Es war ein Zombie.«

»Ein was?«

»Ich glaub, mir wird schlecht. Gute Nacht.«

Im Hinausgehen warf ich ein paar Münzen auf den Tresen.

»Vielleicht hätten Sie vorher etwas essen sollen«, hörte ich ihn hinter mir rufen, aber ich war schon zur Tür hinaus, um mich in der Finsternis nach dem sichersten Heimweg umzusehen. Ich entschied mich für den Weg am Kanal entlang und eilte auf die versenkten Bauwagen zu.

Wie sie wohl dort hineingelangt waren, an den Rand dieser dunklen, mit einem Ölfilm bedeckten Wasserrinne? Von einem, wahrscheinlich ausgebrannten, war nur noch das Gestell geblieben, wie ein von Rost zerfressener Käfig dämmerte er unter der Oberfläche. Vor sehr langer Zeit, in den heiteren Siebzigern, dienten diese Wagen als Unterkünfte für Bauarbeiter auf Montage, als mobile Pausenräume oder Zweitwohnsitze für Werktagsnomaden mit Wochenendfamilie. Und irgendwann waren die Gefährte hier gelandet, in einer trüben Sackgasse.

Einige der Wagen standen aufrecht im Wasser des Kanals, andere waren flach auf die Seite gekippt und neben der Fahrrinne begraben. Ein paar besonders verwegene Jungs hatte ich schon auf diesen Inseln aus Stahl und Holz herumturnen sehen, und zuweilen tauchten sie im Sommer kurz hinab auf der Suche nach imaginären Schätzen im Innern.

Doch jetzt, kurz vor Mitternacht, die letzte Fähre war längst in Richtung Festland verschwunden, schwappten die dunklen Fluten des Stroms gegen das Ufer und saugten an den Gestellen wie Greisinnen an ihren zahnlosen Kiefern.

Ich rannte dahin, den Kopf gegen den Regen gesenkt, der plötzlich nachließ und dann ganz aufhörte. Der Mond brach durch eine Wolkenlücke hervor, er schien auf mich herabzusehen, und ich ging neben Spiegeln her, in denen ich den gleichen Mond und die gleichen Wolken noch einmal sah. Eine glänzende Welle rollte zwischen den Ufern des Kanals heran, irgendwo war vielleicht ein Hindernis hinweggeschwemmt worden und ließ das Wasser des Stroms herein.

Die Welle erreichte die Bauwagen in dem Moment, als ich auf ihrer Höhe stand, sie zischte um die alten Gestelle. Ich griff nach dem Geländer am Ufer, denn in einem der auf der Seite liegenden Wagen, direkt unter mir, erkannte ich ein schwaches Leuchten durch das Glas der unversehrten Scheibe. Eine Hand schien mir aus dem Innern zuzuwinken. Dann streckte sich träge ein Arm hinter dem Fenster.

Das Wasser fiel, stieg wieder an, und das Gespenst presste sein Gesicht gegen die Scheibe. Ich stand über das Geländer gebeugt und wollte nicht glauben, was ich sah, doch jetzt nahm die geisterhafte Erscheinung Gestalt an: nicht nur eine Hand, ein Arm, sondern ein ganzer Körper trieb mit schlenkernden Bewegungen hin und her, eine riesige Marionette in einer wässrigen Falle. Das bleiche Gesicht mit leeren Augen, denen der Mond etwas Licht gab, glich einer wächsernen Maske.

Dann zog die Flut sich plötzlich zurück. Der Körper verschwand und in meinem Kopf tuckerte plötzlich ein stinkender Dieselmotor, während irgendwo ein Mann, der nicht zu sehen war, im Takt der Kolben die Worte hervorstieß: »Das-En-de-ist-ein-sam.«

Wie das Anfluten einer unangenehmen Erinnerung kehrte die Welle zurück, und auch die Gestalt im Bauwagen kam wieder zum Vorschein: Es war ein Toter, der hinaus wollte.

Ein entsetzlicher Schrei ertönte. Als in den Fenstern der Häuser entlang des Kanals ein Dutzend Lichter angingen, wurde mir klar, dass ich ihn ausgestoßen hatte.

2

»Bitte treten Sie zurück, bitte.«

Noch mehr Autos kamen, noch mehr Männer, mit oder ohne Uniform, stiegen aus, noch mehr Lampen leuchteten auf, noch mehr Neugierige kamen schlaftrunken aus den Häusern, stellten sich zu mir; wir wirkten wie ein aufgeschreckter Haufen müder Nomaden, die fassungslos auf ihre versenkten Behausungen starrten.

»Bitte, Herrschaften, es ist kurz nach Mitternacht. Gehen Sie nach Hause!«

Es hatte wieder angefangen zu regnen. Die eintreffenden Polizisten sahen mich äußerst vorwurfsvoll an, so als wollten sie eigentlich sagen: Warum haben Sie nicht bis zum Morgen gewartet mit Ihrem Anruf?

Ein Froschmann stand etwas unentschlossen am Rand des Kanals. Das Regenwasser auf seiner schwarzen Haut konnte den Eindruck erwecken, er sei bereits unten gewesen, aber er sah nur zu, wie die Fluten in den aufgerissenen Bauwagen drangen und den Toten gegen die Scheibe uns entgegenhoben. Das aufgedunsene Gesicht tauchte hinter dem Glas auf. Es schien unendlich weit entrückt, und ich spürte, wie es mir den Brustkorb zusammenpresste; als ein Krampf meine Kehle zu ergreifen drohte, wandte ich mich ab und trat zurück.

Wenig später tauchte der glänzende Körper des Froschmanns ins Wasser ein. Er verschwand. Es kam mir vor, als wäre auch er jetzt ertrunken. Regentropfen fielen auf die ölige Wasseroberfläche dort, wo er eingetaucht war.

Endlich war er wieder zu sehen, im Innern des Wracks presste er das Gesicht gegen die Scheibe, als wollte er vorm Auftauchen nochmal die Perspektive des Toten einnehmen. Gleich darauf sah man ihn auf der anderen Seite aus dem Wagen schießen, einen gespenstischen Flor aus Seetang hinter sich herschleppend.

Zu dritt zogen sie die Leiche ans Ufer, der Froschmann legte seine Sauerstoffflaschen ab, und die Lichter in den Streifenwagen erloschen.

Zwei Polizisten beugten sich mit Taschenlampen über den Toten.

»Höchstens vierundzwanzig Stunden vermutlich.«

»Wo bleibt die Gerichtsmedizin?«

»Müsste jeden Moment hier sein.«

Einer der Polizisten drehte sich um und leuchtete mir mit der Lampe ins Gesicht. Eine Weile musterte er mich interessiert, horchte auf mein Schluchzen.

»Haben Sie ihn gekannt?«

»Nein.«

»Und warum sind Sie so …?«

»Er ist tot, mein Gott, und ich hab ihn gefunden.«

Ich erinnerte mich, wie ich an einem heißen Sommertag an einer Straßenkreuzung einen Mann unter einem Auto hatte liegen sehen. Der Fahrer war gerade aus dem Wagen gesprungen und blickte auf den Körper hinab. Ich war mitten im Schritt erstarrt, etwas Hellrotes lag auf dem Gehweg, direkt neben meinem Schuh, ein einzelnes Stück Hirngewebe, wie ich es einmal im Formalinbad einer anatomischen Sammlung gesehen hatte. Eine Frau, die vorüberkam, blieb lange stehen und schaute auf die Leiche unter dem Auto. Dann beugte sie sich langsam hinab, kniete sich neben den Toten. Sie streichelte ihm die Schulter, berührte ihn ganz sanft, als wollte sie ihm mitteilen: Es wird alles wieder gut.

»Er ist – ermordet worden?«, hörte ich mich fragen.

Der Polizist wandte sich zu mir um.

»Wie kommen Sie darauf?«

»Wie sollte er da hineingekommen sein, ohne dass jemand nachgeholfen hat?«

Die Taschenlampe leuchtete wieder auf, und der Lichtstrahl glitt über mein Gesicht wie eine ärztliche Hand, die es nach Symptomen abtastet.

»Vielleicht hat ihn die Strömung hineingespült. Haben Sie uns angerufen?«

»Ich habe geschrien, davon werden wohl einige Anwohner wach geworden sein.«

Ein Kriminalpolizist mit schütterem Haar kniete neben der Leiche und kehrte die Manteltaschen nach außen. Eine ausgedrückte Tube Gummilösung fiel heraus, ein Aufrauer und dazu zwei runde Fahrradschlauchflicken.

»Was ist denn das?«, fragte jemand.

Meine Hand zitterte, als ich mich niederbeugte, nach dem Flickzeug griff und meine Faust darüber schloss, gerade als ich es in meiner Jacke verschwinden ließ, sah der kniende Polizist zu mir hoch.

»Sie sind doch völlig durchgeweicht«, sagte er. »Geben Sie meinem Kollegen Ihre Adresse und gehen Sie nach Hause. Sehen Sie zu, dass Sie aus den nassen Klamotten rauskommen.«

Es regnete immer noch, und ich zitterte. Ich gab dem anderen Polizisten meine Personalien und lief im Dauerlauf davon.

Ich war noch nicht weit gekommen, als ein Wagen neben mir hielt und die Tür aufging. Der Kriminalbeamte mit dem schütteren Haar blickte zu mir heraus.

»Steigen Sie ein.«

»Ich hab's nicht mehr weit.«

»Nun machen Sie schon, Mann.«

Ich stieg widerstrebend zu, und er fuhr mich das letzte Stück bis zu meiner Kaserne. Als ich ausstieg, wäre ich auf der glitschigen Straße beinahe gestürzt.

»Krummnow«, stellte er sich vor. »Edgar Krummnow. Rufen Sie mich an, wenn Sie mit dem Zeug, das Sie eingesteckt haben, etwas anfangen können.«

Schuldbewusst fuhr ich mit der Hand in die Hosentasche. Dann nickte ich.

»Selbstverständlich.«

»Und hören Sie auf, darüber nachzudenken, dann kriegen Sie auch wieder ein bisschen Farbe«, empfahl mir Krummnow. »Es war doch schließlich niemand …«

Er brach ab, es schien ihm unangenehm zu sein. Er zog den Kopf ein und wollte nochmal ansetzen.

»Irgendwo hab ich ihn schon mal gesehen«, kam ich ihm zuvor. »Wenn ich mich erinnern sollte, wo, rufe ich Sie an.«

Starr vor Kälte stand ich auf der Straße.

»Los jetzt!«

Edgar Krummnow knallte die Autotür zu.

Dann sah ich nur noch zwei rote Lichtpunkte, die durch den Regen davonrasten, der jetzt in Strömen niederging und mich zwang, meine Augen zuzukneifen.

Ich tastete nach dem Flickzeug in meiner Tasche und dachte: Ich werde Kat anklingeln, werde sie bitten zurückzurufen, ihr von dem Bauwagen und dem Mann erzählen und – zu Tode erschrecken würde ich sie.

Hör auf die Polizei, sagte ich mir. Los jetzt!

3

Ich zitterte so heftig, dass ich den Schlüssel kaum ins Schloss bekam.

Die Nässe folgte mir in mein winziges Zimmer mit einer durchgelegenen Liege, einem Hängeregal voller Bücher, einem Polsterstuhl und einem winzigen Esstisch, dessen Platte gerade groß genug war für die elektrische Schreibmaschine, darin eingespannt ein leeres Blatt; in einem Pappkarton daneben ein Stapel weißes Papier, auf der anderen Seite ein weiterer Karton, der mit beschriebenen Blättern gefüllt werden sollte, mit einer Reportage über eines der größten Waffengeschäfte der jüngeren Geschichte. Das Material, das ich die letzten Wochen zusammengetragen hatte, würde unter der Feder eines erfahrenen Reporters mühelos für einige hundert Seiten reichen. Ich quälte mich bereits seit einer Woche mit dem vorerst letzten Teil der auf drei Fortsetzungen angelegten Serie »Die verkaufte Armee« für eine Sonderausgabe.

Meine Lethargie hatte viel damit zu tun, dass Kat so weit weg war, und damit, dass seit drei Wochen in Niewetow die Sonne nicht mehr geschienen hatte, nur verhangener Himmel und Nebel und Regen. Mein Kopfkissen war morgens oft feucht, doch nie konnte ich mich daran erinnern, was für Träume daran schuld waren.

Ich starrte auf das weiße Blatt in der Maschine. Es erinnerte mich an die Hand des Toten, die wie abgetrennt hinter der Scheibe geschwebt hatte, und an den Mann hinter mir auf der Fähre letzte Nacht. Beide winkten mir zu.

Langsam, sehr langsam setzte ich mich. In meiner Brust hämmerte es, als drängte etwas von innen aus seiner feuchten Behausung. Jemand blies mir seinen Atem in den Nacken. Ich musste dafür sorgen, dass sie beide Ruhe gaben, damit ich endlich einschlafen konnte.

In der Nacht verdichtete sich der Nebel, und draußen auf dem Strom, wie versunken und verloren, tutete immer wieder ein Nebelhorn. Es erinnerte an ein riesiges Meerestier, das längst gestorben war und auf dem Weg hinab in sein Grab einen Klagelaut nach dem anderen ausstieß, dumpfe herzzerreißende Laute, die niemanden kümmerten und denen keiner nachging.

Als ich gegen Mittag erwachte, schien es bereits wieder dunkel zu werden. Niesend erreichte ich das Fenster, riss es auf und spürte die feuchte Luft, die mir so frisch entgegenschlug, dass ich mich plötzlich unverwundbar fühlte und mich gleichzeitig dermaßen schämte bei diesem Gedanken, dass ich am liebsten mit einem Schlag das Tageslicht gelöscht hätte.

Die Sachen, die ich letzte Nacht getragen hatte, waren immer noch feucht. Ich kehrte die Taschen meiner Hose nach außen, mit dem Flickzeug darin, das vor wenigen Stunden aus der Jacke des Toten gefallen war. Ich wusste inzwischen, woher es stammte. Ich musste raus aus diesem überheizten Zimmer, weg von diesen letzten ungetippten Seiten.

Ich rannte einfach blind den Uferweg entlang, vorüber am Äsen dreier mechanischer Riesenvögel; sie waren, wie mir Einheimische berichtet hatten, letztes Frühjahr gelandet, um ihre Nester hier zu bauen. Aus ihrer Ruhe nur kurz aufgeschreckt, sahen die Inselbewohner seitdem das atemlose Pumpen, das Auf und Ab federloser Bälger von Geschöpfen, die, verwachsen mit der Erde, die gewaltigen Schlünde unentwegt hoben und senkten und ein quietschendes Knarren ihrer Knochen von sich gaben und manchmal den Mundgeruch von fauligem Gehölz.

Ich rannte an leeren Kasernen vorüber, die lange vor den Pumpanlagen errichtet worden waren, und entlang an Kanälen, ausgehoben und gefüllt, um einst den strahlenden östlichen Himmel einer neuen Zeit widerzuspiegeln, die bewachte Periode der verschiedenen Kollektive, die sich nach ihrer Auflösung waffenlos zerstreuten. Einige ihrer Mitglieder waren hocken geblieben in den grauen Wohnblocks neben den Kasernen oder in einem der Siedlungshäuser im Inselinneren. Manchmal sah man einen in schlecht sitzenden Hosen und ausgebeulter Windjacke auf den frisch ausgetretenen Pfaden zwischen Quartieren und Supermarkt, wo er auf einer Parkbank auf Gleichgesinnte traf, die einen ähnlichen Alkoholpegel wie er anstrebten. Oder man begegnete einheimischen Paaren, die nach dem Einparken ihres neuen Kleinwagens andere Käufer mit verstohlenem Blick auf eine Geste des Wiedererkennens prüften, wie Menschen, die ihre Kindheit miteinander verbracht hatten und sich nach langem Aufenthalt im Ausland zum ersten Mal wieder begegnen.

Plötzlich blieb ich stehen. Ich wollte umkehren und anhand des Flickzeugs etwas über seinen toten Besitzer herausfinden. Doch jetzt stand ich vor einem zweigeschossigen roten Bungalow, den ein schmaler Kiefernstreifen vor den Blicken vom Strand nicht verbergen konnte.

»Heide Waldschmidt«, flüsterte ich ehrfurchtsvoll.

Was da geschützt vor den Fluten direkt am Meer vor mir lag, war eine erprobte Bastion vor den Stürmen der Zeit, die sich auf den Ausläufern des Dünensandes leicht zu neigen begonnen hatte, hier, keine dreihundert Meter von den gierigen Wellen entfernt, wo die Möwen herabsegelten, um einen flüchtigen Blick dorthin zu werfen, wo ich stand und Wurzeln schlug.

Heide Waldschmidt war nirgends zu erblicken. Allein und fremdartig in diesem von Sauriern bewohnten Landstrich schützte diese Festung dort eine außergewöhnliche Künstlerin.

Ein Fenster im Obergeschoss war Tag und Nacht erleuchtet. Wann immer ich hier vorüberkam, brannte dahinter Licht. Ob sie jetzt da war? Ja. Denn ein weißes Leuchten war hinter einem der Fenster vorbeigehuscht, so als hätte jemand einen kurzen Blick auf mich werfen wollen, um dann sofort wieder in den Tiefen des Hauses unterzutauchen.

Heide Waldschmidt hatte Anfang der achtziger Jahre in einigen DEFA-Produktionen mitgespielt, war dann aber durch einige kritische Anmerkungen zur Kulturpolitik bei den staatlichen Behörden in Ungnade gefallen. Der Kulturminister hatte ihr übermitteln lassen, er werde persönlich dafür sorgen, dass sie während seiner Amtszeit in seinem Herrschaftsbereich keine Rollen mehr bekäme. Seine Amtszeit endete noch schneller, als sein Herrschaftsbereich zu existieren aufhörte. Heide Waldschmidt aber hatte es anstatt gen Westen hierher an diesen abgelegenen Ort an der Küste verschlagen. Einen Film hatte sie seit dem Bannfluch des Ministers bis heute tatsächlich nicht mehr gedreht; ob sie es vorhatte, wusste niemand, nicht mal Fanny, mein gewichtiger Anker in Sundhafen, Besitzer der umfangreichsten Jazzplattensammlung zwischen Fichtelberg und Kap Arkona. Fanny mit dem Gemüt eines Blauwals und dem Gedächtnis eines Indischen Elefanten hatte Heide Waldschmidt schon gekannt, bevor sie beschlossen hatte, sich in einen Bungalow am Strand von Niewetow zurückzuziehen.

Ich war ihr verfallen, seit ich sie das erste Mal auf der Leinwand gesehen hatte. Das Geheimnisvolle, das sie inzwischen umgab, tat ein Übriges. Ich stellte mir vor, wie sie sich spätabends hinauswagte und dieselben Wege wie ich ging, dieselben Leute traf, die auch ich getroffen hatte; manchmal meinte ich sogar, ihren Atem spüren zu können.

Geh schon, dachte ich, lass den Messingklopfer an ihre Haustür pochen.

Nein, entgegnete ich mir mit einem Kopfschütteln, als fürchtete ich, eine schlechte Videokopie meines Originals könnte die Tür öffnen. Du willst deine große Liebe gar nicht treffen, du willst nur davon träumen, dass sie eines Nachts heraustritt und von hier weggeht, um später von der Leinwand oben endlich wieder auf dich hinabzusehen, der sie aus der Ferne anbetet.

Heide, liebe Heide, dachte ich, komm heraus! Spring in den rostroten Volvo, der heute nicht vor deinem Haus parkt, lass den Motor an, winke und bring mich weg nach Süden, an die sonnigen Küsten von Cannes oder Venedig.

Doch kein Motor sprang an, niemand winkte, niemand brachte mich nach Süden zur Sonne, weg von dem Nebelhorn, das draußen auf See sein Grab suchte. Ich trat zurück, stellte überrascht fest, dass ich mit meinen Sportschuhen knöcheltief im Wasser stand, wandte mich um und ging dahin zurück, wo schwarze Fluten in versunkenen Bauwagen auf mich warteten.

4

Ich hatte das Flickzeug in der Jackentasche, als ich den Raum betrat, von dem ich wusste, dass ich dort dem Toten zum letzten Mal begegnet war. Es war der Ort, in dem die einheimischen Alten sich trafen, ein kleiner verräucherter Laden direkt neben dem Wendepunkt des Gleises, wo Süßigkeiten, Zigaretten und Zeitschriften verkauft wurden und die Fahrscheine für den grünen Triebwagen, der die Enden der Insel miteinander verband.

Der Flachbau, in dem dieser Treff sich befand, war eigentlich ein Fahrradverleih, der von zwei Kette rauchenden, hageren Brüdern betrieben wurde, die am Tag wohl kaum mehr als ein Dutzend Worte wechselten. An der Wand saßen auf einer Bank, wie Zuschauer einer Theateraufführung, rund um die Uhr eine Handvoll Männer, die damit beschäftigt waren, über die neuen Verhältnisse zu wettern und im Bier die Erinnerung daran zu ertränken, wie freudig sie sie einst begrüßt hatten. Dabei erschienen die Jahre der Zwänge und Gängeleien durch die Organe und Behörden der Einheitspartei zunehmend in ein milderes Licht getaucht unterm undurchdringlichen Qualm der Zigaretten und dem Knurren eines Bruders hinter dem Ausschank, das zuweilen in ein Bellen überging, um auf Reviergrenzen hinzuweisen zwischen Spekulation und Wissen in den Äußerungen eines Gastes, und das Erheben seiner Stimme schon im Keim ersticken konnte. Immer folgte auf das Gebell ein etwas längeres Schweigen, und wenn man genau hinhörte, konnte man in diesen bedrückenden Pausen das Rasseln des Schleims in ihren Bronchien hören wie das Knarren verhärteter Organe in der Brust, und dieselbe Härte meinte man wenig später hervorstechen zu sehen aus ihrem trüben Blick, wenn sie zwischen zwei Sätzen minutenlang verstummten und vergeblich versuchten, sich anderem zuzuwenden.

Ich trat ins Halbdunkel des Raums und starrte auf die Wand, an der die Männer schon seit Stunden saßen. Auf dem Platz, wo ich den Toten zuletzt gesehen hatte, saß heute jemand anderes, und ich konnte an ihren abweisenden Reaktionen erkennen, dass irgendetwas nicht stimmte. Auf meine Frage nach dem Verbleib des Abwesenden blickten sie mich an, als hätte ich mich in unerhörter Weise an ihrer Gemeinschaft vergangen.

Einer, es schien der Älteste zu sein, zündete sich eine

Zigarre an und brummte schließlich, während er sie anrauchte: »De kümmt schun nuch.«

Die anderen starrten düster vor sich hin.

»Wo wohnt er?«, fragte ich forsch.

Der Alte hörte auf, an seiner Zigarre zu saugen.

»We wöll dat wäten?«

»Sie kennen mich doch«, erwiderte ich. »Gerade vor zwei Tagen haben Sie mir erklärt, wie ich zum ehemaligen Schießplatz gelange.«

Die Alten blickten einander nervös an.

»Es ist wichtig«, beharrte ich.

»Bi de Fru met de Vügels«, murmelte der Alte. Die Zigarre war ihm ausgegangen. Er zündete sie mit vorwurfsvollem Blick wieder an.

»Wie ist sein Name?«, setzte ich erneut an.

In diesem Moment drängte mich der Wirt mit dem Tablett beiseite, um den Männern an der Wand die Getränke zu reichen. Über die Schaumkronen auf ihren Biergläsern hinweg funkelten sie mich böse an. Da wusste ich, dass es Zeit für den Rückzug war.

»Die Frau mit den Vögeln also«, sagte ich und wandte mich so hastig zur Tür, dass ich direkt in einen rotgesichtigen Riesen hineinlief. Hinter mir hörte ich ein meckerndes Lachen. Ich ahnte, welche Frau der Alte meinte. Ich erinnerte mich an das orange Schild im Fenster einer Zoohandlung: ALLES MUSS RAUS.

Niewetow war voll von solchen Schildern in den Schaufenstern der kleinen Läden. Die Auslagen wechselten beinahe wöchentlich, wo gestern noch ein Lebensmittelgeschäft war, versuchte sich heute jemand mit Kurzwaren oder einem Copyshop. Kaum einer der Läden aus der Zeit der Planwirtschaft hatte hier dem Siegeszug der Supermärkte und Resterampen lange standgehalten. Im Vorübergehen ertappte ich mich öfter angesichts von Neueröffnungen dabei, Prognosen anzustellen über die Lebensdauer des neuen Geschäfts; beinahe immer siegte die Marktlogik in Gestalt des niedriger angesetzten Zeitraums.

Am Ende der Hauptstraße fand ich zwischen den neuen Büros eines Versandhauses und einer Versicherungsgesellschaft unter dem Ladenschild mit der Aufschrift »Zoobedarf« auch das orange Blatt mit den schwarzen Lettern. Es hing in einem vom Straßenschmutz beinahe blinden Schaufenster, die Buchstaben des mittleren der drei Worte waren zum überwiegenden Teil vom Hintergrund abgelöst, wie kurz vor dem Fall nach vorn gebeugt; das große R war schon abgestürzt. Irgendwer musste vor einer Ewigkeit diese dreizehn schwarzen Lettern sorgsam mit Leim auf ein damals noch rotes Blatt geklebt und das Schild dann mit Klebestreifen von innen an der Scheibe befestigt haben, um sich danach nicht weiter darum zu kümmern. Daneben standen ein leeres Vogelbauer und ein zur Hälfte mit Sand gefülltes Terrarium.

Ich griff nach der Klinke. Die Tür glitt auf. Der Laden war wie das gesamte Erdgeschoss leergeräumt. Tote Fliegen lagen auf dem Fensterbrett, in einem Winkel an der Decke darüber wehte ein altes Spinnennetz. Von irgendwo weit oben fiel eine einzelne Feder herab, berührte sanft die Luft.

»Niemand zu Hause?«, rief ich laut durch den Spalt der Korridortür ins Treppenhaus dahinter.

Aus weiter Ferne meinte ich ein Wispern zu hören.

Ich stieß die Tür weiter auf. Sie gab mit einem lauten Quietschen nach, und mir schien, dass sie deswegen nicht geschmiert worden war, damit die rostigen Angeln den unangemeldeten Besucher verrieten.

Ich stieg die Treppe hinauf, vorüber an gerahmten Hundefotos. Einige der Tiere waren neben Pokalen abgelichtet, andere mit Medaillen behängt.

Ganz deutlich vernahm ich jetzt von oben Stimmen. Ich zögerte vor der Tür am Ende der Treppe, die Stimmen dahinter schienen nicht von Menschen zu kommen. Mit angehaltenem Atem trat ich ein.

Mitten in dem Zimmer stand im Licht des flimmernden Fernsehbildschirms ein hoher Lehnsessel, in dem, die Augen geschlossen, den Mund weit offen, eine alte Frau saß, so winzig klein und hager und verloren wie eine dort abgelegte Gliederpuppe.

Ritter Kalbutz, dachte ich unwillkürlich.

Ich hatte die mumifizierte Leiche des Ritters vor Jahren in einer brandenburgischen Dorfkirche besichtigt, in seinem Sarg dem Staunen der erschauernden Besucher präsentiert. Dieser abgewetzte Fernsehsessel und sein Inhalt erschienen mir wie Reste einer untergegangenen Zivilisation, aufgetaucht vor meinen Augen nach Äonen aus den Tiefen des Meeres oder unter der Asche eines ruhenden Vulkans. Sie lag so hager und zart hingegossen da, dass ich nicht glauben konnte, ein lebendes Wesen vor mir zu haben, sondern ein Fossil, unberührt vom Vergehen der Zeit.

»Ja?«

Der winzige vergilbte Kopf, der kaum unter der Perücke auszumachen war, öffnete die Augen. Das flimmernde Licht des Fernsehapparats funkelte aus winzigen Scherben.

»Aquarienfische?«, hörte ich mich fragen. »Das Schild in Ihrem Fenster. Haben Sie noch welche?«

»Ah«, seufzte die Frau, »das meinen Sie.«

Sie schien sich dunkel zu erinnern. Vielleicht war sie ewig nicht mehr unten gewesen. Oder ich war der Erste, der seit langem hier heraufkam.

»Oh«, flüsterte sie, »das ist lange her. Ich hatte ein paar schöne Kanarienvögel. 1971? 72? 73? Und wie sie gesungen haben, die süßen Kleinen. Manch einer kam in den Laden nur, um zuzuhörn.«

Ich schaute mich um. Ganz hinten in der Ecke stand ein Vogelbauer und noch zwei weitere oben auf dem Kleiderschrank.

»Entschuldigen Sie, ich muss vergessen haben, das Schild aus dem Fenster zu nehmen.«

Ich ging hinüber zu dem Käfig. Den Boden bedeckte

eine Ausgabe des *Neuen Deutschland* von 1973: »X. Weltfestspiele der Jugend und Studenten in Berlin feierlich eröffnet.«

Ich schloss die Augen und wandte mich von diesem längst vergangenen Jahr ab. Ich sah auf den Fernsehsessel und sie, die verschrumpelt, vom Leben beiseitegeschoben, darin saß. Dann fragte ich: »Haben Sie manchmal am Sonntagmorgen im Berliner Rundfunk die Sendung ›Im Tierpark belauscht‹ gehört?«

»Mit Professor Doktor Dathe und Annemarie Rohn? Sieben bis Zehn in Spree-Athen!«, rief die alte Frau aus, von einer Freude erfüllt, die sie um Jahre jünger wirken ließ.

»Einmal haben sie Kanarienvögeln Musik vorgespielt und aufgezeichnet, wie sie dazu sangen«, erinnerte ich mich.

»Oh ja, sie waren phantastisch.«

»Ich war mir damals sicher, man hätte Notenblätter im Käfig verteilt.«

»Sie müssen ein sehr phantasievolles Kind gewesen sein.«

Der Kopf sank ihr erschöpft auf die Brust, und sie schloss die Augen.

»Aber«, flüsterte sie nach einer kurzen Pause, »Sie sind eigentlich wegen etwas anderem gekommen.«

»Ja«, gestand ich. »Wegen dem alten Mann, der bei Ihnen im Haus wohnt.«

»Ist er tot?«

Ehe ich ihr antworten konnte, fuhr sie fort.

»Seit gestern früh war nichts mehr zu hören vom ihm unten in der Küche. Als Sie dann eben die Haustür geöffnet haben, wusste ich, irgendwas stimmt nicht.«

»Das tut mir leid.«

»Schon gut. Ich hab ihn schon seit letzter Weihnacht nicht mehr gesehen. Die Frau vom Pflegedienst kümmert sich um mich, die, die mir auch mein Essen bringt. Dann stimmt es also, dass er tot ist? Haben Sie ihn näher gekannt? Falls Sie zur Beerdigung gehen, dort auf der Kommode liegen fünf Mark. Kaufen Sie ihm ein Gebinde von mir.«

Es lag kein Geld auf der Kommode, aber ich tat, als wäre es so, und steckte die fünf Mark, die es nicht gab, ein.

»Kommen Sie doch in ein paar Wochen wieder, wenn's mir besser geht und ich mich wieder um den Laden kümmern kann ... Sie schauen die ganze Zeit zur Tür. Müssen Sie los?«

»Ja«, sagte ich. »Ihre Haustür war übrigens offen.«

»Meinen Sie, jemand wird eine alte Frau wie mich ausrauben?«

Sie hob ein letztes Mal den Kopf. Ihre Augen funkelten, und irgendetwas tief drinnen ließ sie vor Schmerz das Gesicht verziehen. »Diese Treppe herauf wird niemand kommen, um mich zu erlösen.« Ihre Stimme schwand wie der langsam gedrosselte Ton eines Radiogerätes, und als sich die Augenlider senkten, verstummte sie völlig.

Mein Gott, dachte ich, sie will, dass jemand kommt und ihr einen schrecklichen Gefallen tut. »Aber nicht ich«, entfuhr es mir unwillkürlich.

»Nein«, seufzte sie. »Sie sind es nicht. Aber warum wohl kommt er nie herein.«

Sie hielt inne, blieb stehen wie eine Uhr. Sie atmete noch, doch sie wartete, dass ich ging.

»Auf Wiedersehen«, rief ich ihr zu.

Schweigen.

Ich hätte noch bleiben, mit ihr Tee trinken sollen, aber ich war nicht ihretwegen hier.

In der Tür blieb ich nochmal stehen und lauschte. Stöhnte sie noch irgendetwas in ihrem alten Schlaf? Ich spürte, wie mich ihr Atem hinausschob.

Auch die Tür des alten Mannes war nicht abgeschlossen, schien darauf zu warten, dass der Wind oder der Regen oder irgendein bleicher Fremder eintrat. Stattdessen tat ich es, zögernd.

Das Zimmer sah aus wie eine Durchgangsstation. Man

musste sich durch Stapel von eingedrückten und teilweise aufgerissenen Kartons zwängen, und selbst die Position der Möbel wirkte provisorisch. Auf dem Fernsehtisch stand zwischen Bergen von Briefen, Werbeprospekten und Zeitungen das Zahnputzzeug, die Wäsche war zum Trocknen auf Stuhllehnen verteilt. Wie ein Tiefseetaucher in einem alten Bootswrack bewegte ich mich durch die Hinterlassenschaften, haushaltend mit meinem Atem in dieser Atmosphäre der Versunkenheit. Plötzlich stockte ich und schnappte gierig nach Luft, denn dort an der Wand überm Bett stand ein Name. Jemand hatte ihn in den Putz gekratzt, immer wieder und wieder, als hätte er Angst, ihn zu vergessen, als schrecke ihn die Vorstellung, eines Morgens zu erwachen und keinen Namen mehr zu haben.

Wilhelm. Und Willi. Und dann ein paarmal nacheinander: Schmitt. Schmitt. Schmitt.

Und darunter dann Wilhelm Schmitt.

Und Schmitt, W.

Das Bett quietschte unter mir, als ich mein Gewicht darauffallen ließ. Ich strich mit den Fingerkuppen über den Putz. Da stand noch etwas anderes. Eine Botschaft, ein Hinweis, eine Spur?

Ich erinnerte mich an einen Trick aus alten Kriminalfilmen: Der Detektiv streicht mit einem weichen Bleistift über die unsichtbaren Eindrücke auf einem weißen Notizblock und macht den vorher auf dem fehlenden Blatt darüber verfassten Text wieder sichtbar.

Genau das tat ich jetzt. Ich strich mit einem Bleistift ganz sacht über die Wand. Kratzer zeichneten sich ab, Figuren, Formen, Fetzen aus den Wachträumen eines alten Mannes, und ganz unten, direkt neben dem Laken: *Er steht wieder im Flur.*

Mir knackten die Knie vor Schreck, als ich mich zusammenkauerte. Das war doch ich, dachte ich, vor zehn Minuten vor dem Zimmer der Alten oben. Und eben gerade noch vor diesem hier. Und letzte Nacht der Regen, die

Fähre. Und der Dieselgestank und das Stöhnen und das Knarren der Planken, weil hinter mir sich jemand hastig entfernt.

Er steht wieder im Flur.

Er saß hinten auf der Fähre.

Nein, das ging jetzt etwas zu weit. War es etwa ein Verbrechen, auf einer Fähre Fahrgäste zu erschrecken oder im Dunkeln in Hausfluren rumzustehen?

Ich starrte erneut auf die Zeichen an der Wand, so vage und undeutlich wie vorhin das Geflüster der Alten. Ich zog mich zurück von diesen schrecklichen Überbleibseln der Einsamkeit und der Verzweiflung.

Draußen im Hausflur suchte ich nach Spuren für den nächtlichen Aufenthalt eines Fremden, ohne zu wissen, was für welche. Natürlich fand ich gar nichts. Ich kam mir lächerlich vor.

»Man sollte einfach die Türen verriegeln!«, rief ich laut in den Flur hinauf. Doch schon mein Versuch, die Haustür zu schließen, scheiterte.

5

Als ich bei der Polizeiwache ankam, trat gerade Hauptkommissar Krummnow auf die Straße. Er wischte sich mit der Hand übers Gesicht, zog sich nochmal kurz hinter die Drehtür zurück und trat dann so vorsichtig auf mich zu, als näherte er sich einem Sprengsatz.

»Ach Sie, wie geht es Ihnen? Haben Sie sich erholt?«

»Ich weiß jetzt, wie der Ermordete heißt.«

»Ermordet?«

Krummnow ging an mir vorüber auf seinen Wagen zu, der am Straßenrand parkte.

»Jedesmal, wenn auf dieser Insel einer mit einem Herzinfarkt zusammenbricht oder in ein Schlagloch stolpert oder besoffen ins Wasser fällt, taucht am nächsten Tag jemand auf mit Hinweisen auf den wahren Verursacher des Falls. Sie haben diesen Herzinfarkt-Schlagloch-Blick, und ich hab letzte Nacht schlecht geschlafen. Also stehlen Sie mir bitte nicht meine Zeit, Sie rasender Reporter, Sie.«

»Sie wissen also, für wen ich arbeite?«

»Wer wüsste das nicht in Niewetow? Sie gehen einer Menge Leute hier gehörig auf die Nerven. Zu viel heiße Luft, mein Bester!«

»Oh.« Ich stand Krummnow gegenüber, auf der anderen Seite seines Wagens, und schluckte herunter, was ich eigentlich hätte entgegnen sollen.

Krummnows Blick nahm plötzlich den Ausdruck väterlichen Schuldbewusstseins an.

»Ach Gottchen«, seufzte er.

»Was?«

»Wissen Sie, was mich stört an euch Amateurdetektiven?«

»Ich bin kein Amateurdetektiv, sondern Reporter von Beruf.«

»Ach so, ein Schnüffler mit Schreibmaschinenkurs. Wenn Sie schon so lange mit Mord und Totschlag beschäftigt wären wie ich, dann wüssten Sie auch, dass jeder Möchtegernzeuge, der zu uns hereinstolpert, so voller Beweise steckt, dass man über die Jahre Archive füllen könnte mit all den wilden Phantasien. Würden wir nämlich auf jeden Schwätzer etwas geben, der uns anruft, dann stünde bald die halbe Insel unter Mordverdacht. Warum also sollte ich auf einen Nachwuchsschreiberling hören, der es noch nicht mal zu einer festen Anstellung gebracht hat?«

Ich zuckte zusammen.

»Als Reporter kenne ich mich immerhin ein wenig aus mit den verborgenen Seiten des Geschehens, glauben Sie mir.«

»Dafür weiß ich mehr über Tatsachen. Oder fürchten Sie, Tatsachen könnten Sie verwirren? Sagen Sie, mussten

Sie eigentlich irgendwann in Ihrem Leben jemals mit etwas wirklich Unangenehmem fertig werden?«

»Was meinen Sie?«

»Unheilbare Krankheiten, Vergewaltigung, Tod…«

»Der Tod meiner Eltern.«

»Natürlicher Tod?«

»Ja. Aber ein Onkel von mir kam bei einem Verkehrsunfall ums Leben.«

»Waren Sie dabei?«

»Nein, aber…«

»Es zählt nur, wenn Sie's mitangesehen haben. Ist Ihnen schon mal was Vergleichbares passiert, wie eine Leiche in einem versunkenen Bauwagen zu finden?«

»Nein«, antwortete ich nach kurzem Zögern.

»Na bitte. Sie stehen immer noch unter Schock. Beruhigen Sie sich, und gehen Sie wieder an Ihre Arbeit.«

Er schien zu bemerken, wie er immer lauter wurde. Er schüttelte den Kopf und brummte vor sich hin: »Oder vielleicht sollte ich mich beruhigen.«

Er öffnete die Wagentür, stieg ein, und ehe ich etwas Passendes erwidern konnte, brauste er davon.

Verärgert stürzte ich zur nächsten Telefonzelle, warf eine Münze in den Schlitz und wählte die Nummer eines Apparats jenseits des Stroms auf dem Festland. Als endlich jemand abhob, hörte ich aus einem Radio »Sunshine Reggae« dröhnen, eine Tür zuknallen, eine Toilettenspülung rauschen, und langsam begann sich meine Stimmung aufzuhellen.

Die Frau am anderen Ende hielt eine Weile den Hörer in der Hand, räusperte sich dann und fragte: »Was gibt's?«

»Frau Kapell!«, rief ich, brach ab und begann noch einmal. »Frau Kapell, ich bin's, Daniel.« – »Wer?« Sie überlegte eine Weile. »Sie wollen Fanny sprechen.«

»Sie brauchen ihm nur etwas auszurichten. Würden Sie das tun?«

»Kein Problem.«

»Sagen Sie ihm, ich muss ihn unbedingt sehn. Ich bin in zwei Stunden bei ihm. Danke.«

Ich legte auf.

Ich vergewisserte mich, dass ich noch genügend Münzen bei mir hatte, und rannte los, um die nächste Fähre zu erreichen. Vom Festlandhafen aus nahm ich den Bus. Eigentlich hieß Fanny Matthias Schmieder, aber nie rief ihn jemand bei seinem bürgerlichen Namen. Ich hatte ihn vor Jahren bei Recherchen zu einer Reportage über ostdeutsche Bluesbands kennengelernt, und der Kontakt zwischen uns war auch danach nicht abgerissen.

Fanny war sehr umfangreich und saß im Rollstuhl. Ich hatte ihn noch nie anders gesehen und war mir sicher, er schlief sogar auf Rädern. Er bewegte sich so wenig wie möglich, und wenn er durchs Zimmer rollte, dann nur unter schwerem Gekeuche. Er tat dies auch nur, um hinüber in die enge Küchenzeile oder ins Bad zu gelangen, wo er früher oder später nicht mehr herauszukommen, hoffnungslos in der Falle zu sitzen befürchtete. »Mein Gott«, stöhnte er oft, »stell dir vor, die Feuerwehr müsste mich eines Tages da herausschneiden.« Und dann rollte er zurück an seinen Stammplatz neben der Stereoanlage, nur eine Armlänge vom Kühlschrank entfernt, der bis obenhin voller Chipstüten und Bierpaletten war. Er aß und hörte ununterbrochen Musik. Neben dem Kühlschrank standen Regale, gefüllt mit Hunderten von Schallplatten und Tonbändern, frühe Aufnahmen sowohl von den Anfängen des Südstaatenblues als auch die neueste Free-Jazz-Einspielung, und ich stellte mir vor, wie Fanny, wenn gegen Morgen die letzten Takte verklungen waren und die letzte Platte knisternd aufhörte, sich zu drehen, in sich zusammensank wie ein vom Dunkel überwältigter Elefant. Die erschöpften Knochen begaben sich in ihren mächtigen Fleischbergen zur Ruhe, und sein rundes Gesicht war der Mond, der über das weite Gebiet seines geschundenen Körpers wachte.

6

Ich stand vor der Haustür und horchte. Eine Stimme hallte durch den Hausflur. Sie hob an mit einer Art Röcheln, fiel als Jaulen herab bis ins Erdgeschoss und strömte heulend durch den Flur heraus: die unerhörte Klage einer ausweglos abgeschiedenen Seele, so fernab all dessen, was allgemein unter Gesang verstanden wurde, dass es kaum noch als menschliche Lautäußerung gelten konnte.

Als ich zum ersten Stock hinaufstieg, erkannte ich ein paar Zeilen aus »Sittin' On The Top Of The World«. Als ich oben vor Fannys Wohnungstür stehen blieb, bestieg ein schwarzer Junge gerade den Mississippidampfer Richtung Norden und warf einen verächtlichen Blick zurück auf die erbärmliche Hütte seiner Familie. Es war die Stimme eines afrikanischen Baumwollpflückers, der nach der Plackerei unter sengender Südstaatensonne dem Himmel zur Nacht seine unerwiderte Liebe klagt. Was mich durch das alte Treppenhaus hinaufzog, war diese Stimme, ein Versprechen der Unzerstörbarkeit, die sich dort oben jemand ersehnte.

Ich wusste, der Gesang würde mit meinem Läuten abbrechen.

»Fanny«, sagte ich, »als ich die Treppe hochkam, hab ich hier oben jemanden singen gehört.«

»Wirklich?«

»Klang beinahe wie Howlin' Wolf.«

»Seltsam. Wer das wohl gewesen sein mag?«

Wir spielten dieses Spiel seit Jahren, sprachen über Musik, diskutierten über Blues, Bebop, Modern Jazz, hörten die alten Platten wieder und wieder, aber nie, nicht ein einziges Mal in der ganzen Zeit, hatte Fanny gesungen, wenn ich im Zimmer war.

Auch heute war es nicht anders; als er mir öffnete, setzten die Instrumente ein. Fanny hatte die Nadel auf die Platte gelegt, war zur Wohnungstür gerollt und hatte mit der Klinke in der Hand gewartet. Als der Meister mit den Lippen das Blech berührte, riss er die Tür auf. Miles' Trompete rief nach mir, zog mich unwiderstehlich hinein. Fanny half nur etwas nach.

Es war die A-Seite von »Bitches Brew«. Fanny dirigierte mich in einen wackligen Sessel, ergriff meinen Arm und drückte mir ein Whiskyglas in die leere Hand.

»Um die Zeit bitte keinen Whisky, Fanny.«

»Blödsinn. Schau dich mal im Spiegel an! Zum Wohl!«

Er stürzte sein halbvolles Glas in einem Zug hinunter und stieß befriedigt die Luft aus seinem Innern.

Ich trank den guten Tropfen in winzigen Schlucken. Es war ein sechzehn Jahre alter Single Malt, mitgebracht von einem von Fannys Liebhabern oder Musikerfreunden, die den Weg in die Provinz nicht scheuten, um sich angenehm zu unterhalten, in den Tiefen von Fannys Archiven zu versinken oder in seinen allumfassenden Umarmungen. Sie brachten außer ihren Lüsten stets auch einen guten Tropfen mit, und wenn sie wieder gingen, lag stets ein Leuchten auf ihren Gesichtern. Die Mitte der Welt kann überall sein, zum Beispiel in einem heruntergekommenen Mietshaus in der nordostdeutschen Provinz. Das Foto eines jungen Mannes von etwa zwanzig Jahren hing neben dem Wohnzimmerfenster an einer Wand dieses Hauses. Der Junge wog höchstens siebzig Kilo, doch das war lange her.

»Was gibt es denn so Dringendes? Du siehst aus, als ob dich etwas bedrückt. Was ist es? Nur heraus mit der Sprache«, ermunterte mich der mächtige Kerl.

»Ich hab eine Leiche gefunden, Fanny. Er war einer von den Alten, die immer in der Fahrradwerkstatt sitzen, da unten, wo die Inselbahn hält. Letzte Nacht steckte er tot in einem Bauwagen.«

»In was für einem Wagen?«

»In einem der alten Bauwagen, die im Kanal versunken sind. Und ich bin mir sicher, jemand hat ihn umgebracht, aber die Polizei will mir nicht zuhören.«

Fanny rollte zum Plattenspieler, drehte die abgelaufene Scheibe um und legte die Nadel sanft auf die polierte schwarze Oberfläche. Als die Musik einsetzte, rollte er, in majestätische Blässe und besorgtes Schweigen gehüllt, an seinen Platz zurück.

»Ist Kat immer noch in Kanada?«

»Zwei Monate ist sie jetzt weg, aber es kommt mir vor, als wären es zwei Jahre.«

»Du solltest sie unbedingt anrufen.«

»Ich weiß, aber danach geht es mir jedesmal noch dreckiger als vorher.«

»Die Liebe macht dich krank.«

»Der Tod macht mich krank. Dabei hab ich bis heute früh nicht mal den Namen des Mannes gekannt.«

Die zerhackten Akkorde und dissonanten Läufe beim Duell zwischen Keyboard und Trompete waren genau das, was ich jetzt brauchte in meiner Begierde nach Beruhigung und Vergessen. Leider hielt die Wirkung nicht lange genug an.

»Den hat einer umgebracht, Fanny. Irgendwer hat seine Leiche in diesen Wagen hineingestopft. Wie sollte er sonst da reingekommen sein?«

»Du hast eine blühende Phantasie, mein Bester.«

»Als ich zwölf war, wurde mein Onkel von einem Unbekannten überfahren, nachts auf der Straße vor seinem Haus, wahrscheinlich bei einem illegalen Autorennen. Er hatte keine Chance. Bei seiner Beerdigung haben mein Bruder und ich geschworen, dass wir den Täter finden und fertigmachen. Aber höchstwahrscheinlich lebt er immer noch unerkannt irgendwo auf der Welt. Und das war vor langer Zeit, in einer anderen Stadt. Diesmal ist es in Niewetow passiert. Der, der den alten Mann ertränkt hat, lebt dort völlig unbehelligt, Wand an Wand mit seinen ahnungslosen Nachbarn, und ist mir sicher schon irgendwo begegnet. Und wenn ich ihn erwische…«

»Übergibst du ihn der Polizei.«

Fanny beugte sich mit einer wuchtigen Bewegung nach vorn.

»Es wird dir besser gehen, wenn du mal richtig ausschläfst.«

Dann las er in meinem Gesicht.

»Nein«, kommentierte er meine erstarrte Maske, »das wird nichts nützen. Also tu, was du nicht lassen kannst, du rasender Reporter. Ich werd auch diesmal am Fenster sitzen und zusehn, wie die Männer in den Kampf ziehn, um sich gegenseitig zu massakriern.«

Er legte eine neue Platte auf, ließ die Nadel sanft in die Rille sinken.

»Ich mag Niewetow nicht. Zu wenig Zivilisten. Und dann diese verfluchten Kriegsschiffe, die im alten Hafen auf neue Besitzer warten.«

»Niewetow kriegt mich nicht, Fanny. Und auch dieses grässliche Wesen, das sich dort herumtreibt, wird mich nicht kriegen.«

Der Kerl, der vor fremden Wohnungstüren lauert, dachte ich.

Fanny thronte vor mir wie ein gigantischer Gletscher. Er studierte mein Gesicht und sah dann zur Tür, als wäre draußen ein Schatten vorübergehuscht. Ganz kurz schien er in sich zusammenzusinken, und ein Anflug von Panik lag in seinem Blick.

»Tu, was du willst.«

Seine Stimme kam plötzlich von tief unten, tönte aus den bebenden fünfhundert Pfund Fleisch herauf.

»Aber bring es bitte nicht hierher.«

»Den Tod kann man nicht einfach irgendwohin mitbringen, Fanny.«

»Sicher kann man das. Streif dir den Schmutz von den Füßen, bevor du hier eintrittst. Hast du Geld für neue Garderobe? Notfalls geb ich dir welches. Bring deine Schuhe auf Hochglanz! Putz dir regelmäßig die Zähne! Dreh dich nicht um, auch Blicke können töten. Wenn du jemanden anschaust, und der bemerkt, dass du auf deinen Mörder wartest, wird er dir folgen. Komm zu mir, Junge, aber sieh immer nur nach vorn!«

Als ich unten ankam, war es Nachmittag. Ich stand schwankend im Sonnenlicht auf dem nassen Pflaster vor dem Haus, spürte die Wirkung des Whiskys und schaute hinauf zum ersten Stock. Ich fühlte mich bereit für Niewetow bei jedem Wetter.

»Edgar Krummnow, ich komme!«, sagte ich laut vor mich hin.

Doch dann trieb ich mich nur vor der Wache herum und kam mir vor wie ein feiges Großmaul. Mir war nicht klar, wie ich diesen Polizisten da drinnen einzuschätzen hatte, also kämpfte ich draußen auf dem Gehweg mit meiner Unentschlossenheit, bis ich jemanden, der wie Krummnow aussah, hinter den Gardinen im ersten Stock zu bemerken meinte.

Ich lief davon.

Mitten in der Nacht erwachte ich von einem Plätschern im Flur.

Ich sprang zur Tür und riss sie weit auf. Tatsächlich war am Boden eine riesige Pfütze, und Fußspuren von jemandem, der barfuß hierhergekommen war, sowie eine zweite Spur, die wieder hinausführte.

Ich stellte mir vor, wie jemand hier gestanden hatte, völlig durchnässt hatte er sich gefragt, ob ich wach war, wollte schon klopfen, ging dann aber wieder hinaus zum Kanal.

Ich folgte ihm. Ich rannte, als könnte ich den Durchnässten einholen, bis ich am Kanal stand.

Ich blickte hinab auf das ölige Wasser. Ich meinte zu erkennen, wo jemand herausgeklettert war, um durch mitternächtliche Straßen bis zu meinem Quartier zu laufen und dann mit größeren Schritten zurückzurennen und wieder hineinzuspringen. Aber wer wollte in so dreckigem Wasser schwimmen! Jemand, dem Krankheiten und Schmutz völlig gleichgültig waren. Oder jemand, der nächtliche Überfahrten im Dunkeln liebte, aus Langeweile oder aus Lust am Grauen.

Ich ging langsam am Ufer entlang, starrte angestrengt hinab, als ob gleich irgendetwas die schwarze Fläche durchbrechen würde.

Das Wasser brandete durch eine offene, verrostete Schleuse hindurch abwechselnd vor und zurück. Eine Herde Seehunde trieb vorüber, aber dann war es nur Tang, unterwegs ins Nirgendwo.

»Bist du noch da?«, flüsterte ich. »Warum bist du zu mir gekommen? Was willst du von mir?«

In einer Betonhöhlung unter der wackligen Brücke, drüben auf der anderen Seite, tauchte ein verschmiertes Haarbüschel auf und dann eine ölbedeckte Stirn; Augen starrten zu mir hinüber. Es konnte ein Otter sein oder ein Hund oder ein verirrter Tümmler, der in den Kanal geraten war; eine ganze Zeit lang ragte der Kopf zur Hälfte aus dem Wasser.

Ich erinnerte mich, was ich über Krokodile im Kongo gelesen hatte, die in Uferausbuchtungen unter der Wasseroberfläche auf ihre Beute lauern, auf irgendjemanden, der so leichtsinnig ist, dort vorüberzuschwimmen.

Ich sah hinüber auf den dunklen Kopf im Wasser. Er sah zu mir herauf, seine Augen funkelten.

Ich machte einen raschen Schritt in seine Richtung, so wie man auf etwas Ekelerregendes zuspringt, damit es verschwindet. Der dunkle Kopf ging unter, die Wasseroberfläche kräuselte sich. Er kam nicht mehr zum Vorschein.

Mich schauderte, als ich zurücklief, die Spur des dunklen Regens entlang bis zu meiner Tür, der er einen Besuch abgestattet hatte. Die Wasserlache war immer noch da, mitten in ihr lag ein Klumpen Seetang. Jetzt erst fiel mir auf, dass ich den ganzen Weg in Unterhosen zurückgelegt hatte. Ich schnappte nach Luft, blickte verlegen um mich. Dann sprang ich ins Zimmer und verriegelte die Tür.

Morgen, dachte ich, werde ich Edgar Krummnow meine Fäuste zeigen, in der rechten das Flickzeug, in der linken den Klumpen Seetang. Aber nicht auf dem Revier würde ich das tun, der Geruch von Amtsstuben ließ mir, ebenso wie der von Krankenhausfluren, jedes Mal die Knie weich werden. Krummnow musste schließlich irgendwo wohnen.

7

In Niewetow brach damals die Sonne nie vor Mittag durch den Nebel, und oft schaffte sie es erst, wenn sie bereits im Begriff war, im Westen wieder am Horizont zu verschwinden. Wenn die Nordweststürme mit voller Wucht auf die Küste trafen, erklang fortwährend das verlorene Tuten des Nebelhorns draußen auf dem Strom, wieder und wieder, bis man zu spüren meinte, wie sich die Leichen der ertrunkenen Fischer auf dem Meeresgrund zu regen beginnen.

Manchmal, wenn das Horn mitten in der Nacht einsetzt, steigt ein amphibisches Ungeheuer in dir empor. Irgendwann wird es, wie alle schlauen Tiere voller Sehnsucht nach Sonne, Richtung Süden schwimmen. Du bleibst verlassen zurück bei einer sturmumtosten Düne, das Blatt in deiner Maschine ist leer, dein Konto ebenfalls und das Bett neben dir zur Hälfte kalt. Du rechnest damit, dass das Unterwasserwesen eines Nachts, während du schläfst, aus den Fluten auftaucht, um dich zu holen. Um es loszuwerden, stehst du um drei Uhr morgens auf und wanderst durch die Gegend.

Wo die Macht der Stürme und der Albträume zu enden schien, lag im Inselinneren ein Garten, wie ich ihn dort nicht vermutet hätte. Dass in dem Garten ein Bungalow stand, war von der Straße aus kaum zu erkennen, er verschwand hinter Schilf und anderen mannshohen Gräsern. Auf dem Briefkasten draußen am Zaun stand kein Name, eine Klingel gab es nicht.

Und nun?, dachte ich an der Gartenpforte. Soll ich etwa seinen Namen in diese Wildnis hineinrufen?

Doch Krummnow kam mir zuvor.

»Sind Sie es wirklich?«

Er kam den Gartenweg entlang auf mich zu.

»Ja, ich bin's schon wieder.«

»Wollen Sie sich bei uns bewerben?«, nuschelte Krummnow. »Dann sollten Sie diesmal mit Originellerem aufwarten.«

»Falls Sie mir mal zuhören würden, vielleicht.«

Krummnow warf einen Blick auf seine Armbanduhr.

»Hinter mir auf der Fähre war der Mann«, rief ich, »der den Alten in den Bauwagen gestopft hat.«

»Sie brauchen nicht zu schreien. Woher wissen Sie das?«

Meine Fäuste in den Manteltaschen begannen zu schmerzen.

»Ich hab gespürt, wie er die Hände nach mir ausstreckte. Er wollte, dass ich mich umdrehe, dass ich ihn anschaue. Er scheint einer jener Mörder zu sein, die einen Zeugen brauchen.«

»Sie hätten herausbekommen können, wer er ist, indem Sie sich einfach umdrehen.«

»Betrunkene ignoriert man am besten, sonst setzen sie sich zu einem und man wird sie nicht mehr los.«

»Ist das so?«

Krummnow begann, sich eine Zigarette zu drehen.

»Wenn Sie seine Stimme gehört hätten, würden Sie mir glauben. Er klang wie aus der Tiefe des Grabes.«

Krummnow zündete sich seine Zigarette an und blickte mir durch den Rauch hindurch ins Gesicht.

»Sie hätten diese Stimme hören sollen; ich bin mir sicher, ich hab Recht mit meinem Gefühl.«

Krummnow drehte die angerauchte Zigarette zwischen den Fingern, als könnte er sich nicht zum nächsten Zug entschließen. »Sie haben Gefühle, und wir halten uns an Fakten.«

»Sie werden nicht versuchen, den alten Mann zu retten?«

Ich wurde rot, als mir klarwurde, was ich da gerade gesagt hatte.

»Ich wollte sagen …«

»Ich weiß, was Sie meinen«, erwiderte Krummnow geduldig. Er seufzte und warf seine Zigarette zu Boden.

»Sie haben sich da in etwas verbissen, weil es im Moment nicht so recht vorangeht mit Ihrer Reportage. Jetzt würden Sie am liebsten nochmals spätabends auf die stinkende Fähre steigen, um sich diesen Betrunkenen zu schnappen. Aber es wird kein Betrunkener da sein, oder zumindest nicht derselbe, oder Sie werden sich nicht sicher sein, ob er's ist.«

Er ging auf sein Auto zu, das ein paar Meter weiter die Straße hinunter parkte.

»Das können Sie nicht machen«, rief ich, »nicht schon wieder. Sie werden es nicht schaffen. Allein werden Sie es niemals schaffen!«

Meine Forschheit ließ ihn innehalten, sein Kopf fuhr herum, er sah mich übers Autodach hinweg an.

»Was werd ich nicht schaffen?«

»Wenn – Sie nicht lernen«, stotterte ich, »auf Ihren – Bauch zu hören – statt auf Ihren Kopf –«

Krummnow stützte sich schwer am Wagen ab, so als drohte er andernfalls zusammenzubrechen. »Erzählen Sie nur weiter.«

»Aber Sie wollen es doch gar nicht hören!«

»Nicht ernsthaft, aber ich könnte jetzt wirklich etwas Amüsement gebrauchen, mein Junge.«

Mein Mund fühlte sich trocken an, ich schloss die Augen.

»Nun sagen Sie schon«, ermutigte mich Krummnow.

»Ich hab in letzter Zeit die Erfahrung gemacht«, begann ich, »dass ich umso langsamer vorankomme mit meiner Arbeit, je länger ich jeden Schritt mit Vorbedacht abwäge. Die meisten Leute überschätzen nämlich die Bedeutung des Verstandes, zuallererst lasse ich mich beim Schreiben von meiner Intuition leiten, das Denken kommt später.«

Krummnow schien die Kontrolle über seine Gesichtszüge entglitten zu sein, sein Unterkiefer klappte herunter, und auf seine Augen legte sich ein Glanz wie beim Betrachten einer seltenen Tierart hinter den Stäben eines Zoogeheges.

Dann glitt er wortlos auf den Fahrersitz, startete den Wagen und fuhr langsam davon.

Nach etwa zwanzig Metern hielt er an, stand eine Weile da, setzte schließlich zurück und schrie mir durch das Fenster der Beifahrertür zu: »Herrgott nochmal, Beweise! Bringen Sie mir gefälligst Beweise!«

Ich zerrte meine Hand so heftig aus der Tasche, dass ich beinahe meinen Mantel zerrissen hätte; ich streckte ihm meine Faust entgegen und öffnete zitternd die Finger.

»Wissen Sie, was das ist? Nein? Aber ich weiß es. Ich weiß auch, wer der alte Mann war: einer der Stammgäste im Fahrradverleih.«

Krummnow senkte den Kopf auf seine überm Lenkrad verschränkten Arme. Er seufzte.

»Und warum meinen Sie, dass der ermordet wurde?«

Es folgte ein langes Schweigen.

Krummnow schien mit geschlossenen Augen zu beten.

»Steigen Sie schon ein!«

»Wie?«

»Steigen Sie ein, verdammt noch mal. Dann fahren wir

eben zu diesem Fahrradverleih. Wir werden ja sehen, ob es Indizien für einen Mord gibt. Dabei ist die Gerichtsmedizin noch nicht mal mit ihm fertig.«

Ich riss die Beifahrertür auf, die linke Faust immer noch in meiner linken Tasche. »Da ist noch was anderes, dieser Seetang, der letzte Nacht vor meiner Tür gelegen hat.«

»Jetzt halten Sie die Klappe und schnallen sich an, ja?«

Der Wagen schoss unvermittelt nach vorn, es gelang mir gerade noch, den Gurt zu schließen.

8

Ich folgte Krummnow in die Finsternis der Tabakwolken. Er ging auf die Alten zu, die wie ausgediente Strandkörbe beieinanderhockten, und hielt ihnen die Hand mit dem Fahrradflickzeug hin; zwei Tage hatten sie jetzt Zeit gehabt, über den leeren Platz an ihrem Tisch nachzudenken.

»Schietkerl«, murmelte einer von ihnen.

Ein anderer sah sich das Flickzeug an und brummte: »Wönn mir'n Bulle söwat zeigt, dann möt et ut Willis Taschen stammen. Söll ick ihn ock noch identifiziern?«

Die beiden anderen rückten ab von ihm, so als mochten sie mit dem Gesagten nichts zu tun haben. Krummnow nickte. Der Alte stemmte sich mühsam an der Tischkante hoch; ich wollte ihm helfen, doch sein wilder Blick ließ mich zurückschrecken.

Zusammen mit ihm fuhren wir hinüber nach Sundhafen. Als wir die Gerichtsmedizin wieder verließen, wirkte er gealtert und niedergeschlagen; sämtlicher Glanz war aus seinen Augen gewichen, widerstandslos ließ er sich beim Einsteigen helfen. Ein ums andere Mal murmelte er: »Mücht wäten, wo se em so jeschorrn häm.«

Ich weiß es, dachte ich, sagte aber nichts, als wir ihn zurück auf seinen Platz im Ausschank der Fahrradwerkstatt brachten, dort, wo die anderen Alten immer noch hockten und so taten, als bemerkten sie uns nicht. Die Augen starr zu Boden gerichtet, warteten sie, bis wir weg waren, um dann zu entscheiden, ob sie sich von diesem Fremden, der einst ein Freund gewesen war, abwenden sollten oder nicht.

Dann machten Krummnow und ich uns auf den Weg zu dem Haus mit der leeren Zoohandlung im Erdgeschoss. Während er sich das Zimmer des Alten ansah, wartete ich draußen vor der Tür. Als er nach etwa zwanzig Minuten zu mir herauskam, standen ihm die Haare zu Berge, und mit verstörtem Blick murmelte er: »Um Gottes willen.«

»Haben Sie das Gekritzel an der Wand gelesen?«

»Ja.«

Er sah sich bestürzt nach der Zimmertür um.

»›Er steht wieder im Flur.‹ Wer hat da gestanden, waren Sie das? Ich sollte Sie eigentlich wegen Einbruchs festnehmen.«

»Was heißt hier Einbruch?«, entgegnete ich. »Alle Türen im Haus sind seit Jahren nicht mehr abgeschlossen worden. Jeder könnte hier hereinkommen. Und mindestens einer hat's getan.«

Krummnow blickte noch einmal in das Zimmer. »Woher soll ich wissen, dass nicht Sie selbst die Worte dort in den Putz gekratzt haben, nur um mich von Ihrer irrsinnigen Theorie zu überzeugen?«

»Das ist eindeutig das zittrige Gekrakel eines alten Mannes.«

»Vielleicht haben Sie daran gedacht, als Sie ihn imitierten.«

»Das wär mir in der Tat zuzutrauen. Falls ich es gemacht hätte. Sagen Sie mir, was ich tun muss, um Sie zu überzeugen.«

»Mir bloß einen Schrecken einzujagen wird allein nicht ausreichen.«

Langsam schien seine Stimmung sich aufzuhellen, und

einen Anflug von Vertrauen meinte ich in seiner Stimme zu spüren, als er fortfuhr.

»Haben Sie mal in die Schränke gesehen?«

»Natürlich nicht. Sie sind der Polizist.«

»Alles voller uralter Lieferverträge von der Werft, aus den sechziger und siebziger Jahren. Was zum Teufel wollte der Mann mit all diesen verstaubten Akten, die seit Jahren in den Müll gehören?«

»Alte Verbundenheit vermutlich.«

»Man könnte wirklich das kalte Grausen bekommen«, entgegnete Krummnow und rümpfte die Nase.

»Dann«, begann ich, die Faust in der Tasche mit dem Seetang, »gehen Sie mal nach oben. Steigen Sie die Treppe hinauf, sehen Sie sich um!«

Krummnow blickte mich misstrauisch aus verkniffenen Augen an, seufzte kurz auf und stieg dann die Treppe hinauf wie ein Kohlenträger mit seiner zentnerschweren Kiepe. Oben angekommen, wartete er eine Weile, bevor er das Zimmer der alten Frau betrat.

Ich hörte seinen schweren Schritt, und wenig später meinte ich, das Rascheln von Papier zu vernehmen. Als er endlich wieder auftauchte, wirkte er erschöpft.

»Manchmal glaube ich, ich habe den falschen Beruf«, stieß er zwischen den Zähnen hervor.

Ich sagte nichts.

»›X. Weltfestspiele der Jugend und Studenten‹«, zitierte er die alte Zeitungsschlagzeile.

»Berlin Hauptstadt der DDR 1973«, ergänzte ich.

»Ist das wirklich schon so lange her?«

»Jetzt haben Sie alles gesehen«, entgegnete ich. »Welche Schlüsse ziehen Sie?«

»Welche hätten Sie denn gern?«

»Haben Sie's nicht in ihrem Gesicht gelesen? Haben Sie gar nichts bemerkt?«

»Was denn, verdammt noch mal?«

»Sie ist die Nächste. Man kann's in ihren Augen lesen,

sie weiß von dem Mann, der im Flur steht. Alles, was sie tut, ist warten und beten. Wenn Sie nichts unternehmen, ist sie in ein paar Tagen tot.«

»Wenn wir hier in Niewetow jeden, der vermutlich in drei Tagen tot sein könnte, bewachen würden, müsste jemand anders für uns ermitteln.«

»Dann muss ich eben selbst auf sie achten.«

»Tun Sie das, machen Sie sich endlich mal nützlich.«

Krummnow richtete seinen Blick hinauf zum Ende der langen dunklen Treppe, dorthin, wo kein Vogelgezwitscher mehr ertönen würde.

»Wollen Sie zum Gehilfen des Mörders werden?«

»Jetzt fangen Sie schon wieder an.«

Krummnow riss die Haustür so heftig auf, dass sie beinahe aus den Angeln gesprungen wäre.

»Gerade hatte ich angefangen, Sie zu mögen.«

Volle vierundzwanzig Stunden hörte ich nichts von ihm, dann aber überwältigte mich seine Stimme aus dem Telefonhörer um so mehr, da ich eine andere mir ersehnt hatte: Kats.

»Hallo«, sagte ich diesmal besonders sehnsüchtig in den Hörer, als das Telefon in der Pförtnerloge zur verabredeten Zeit geklingelt hatte.

Schweigen.

»Kat, bist du da?«

Schweigen. Aber da war jemand am anderen Ende der Leitung, nicht zehntausend Kilometer weit entfernt, sondern vermutlich ganz nahe, die Verbindung war so gut, dass ich hören konnte, wie mein stummer Gesprächspartner am anderen Ende schnaufte.

»Wen wollen Sie sprechen?«, fragte ich.

Der Andere musste den Mund ganz dicht an die Muschel gepresst haben, ein Reiben, Schaben und Knacken drang in mein Ohr.

Schweigen. Hechelnde Atemzüge. Stille. Reiben.

Ein kalter Lufthauch kam aus dem Hörer und ließ mich frösteln.

»Nein, danke«, sagte ich und hängte ein.

Ich drehte mich mit hängenden Schultern um, als das Telefon wieder zu läuten begann. Ich blickte zurück mit Widerwillen, den Hörer noch einmal zu berühren, nochmals diese Atemzüge ins Ohr gehaucht zu kriegen. Doch je länger ich da stand, desto mehr schien es mir, dass da drüben eine Nachricht auf mich wartete. Ich ging und nahm widerstrebend den Hörer.

»Herr Brandenburg? Sie ist noch am Leben«, meldete eine Stimme.

»Wer, Kat?«, schrie ich auf.

»Krummnow hier.«

Ich kippte gegen die Wand und rang nach Atem, erleichtert und zugleich ein wenig wütend. »Haben Sie eben gerade schon mal angerufen? Woher wissen Sie, dass ich um die Zeit zu erreichen bin?«

»Haben Sie vergessen, wer hier der Ermittler ist?«

»Wer ist am Leben?«

»Die Frau mit den Vögeln, Herrgott nochmal. Aber deshalb rufe ich nicht an. Kommen Sie heute Abend bei mir vorbei, ich hab große Lust, Ihnen den Hintern zu versohlen. Was hatten Sie letzte Nacht gegen drei vor meiner Haustür zu suchen?«

»Ich?«

»Ich kann's nicht leiden, wenn einer versucht, mir'n Schreck einzujagen. Ich bin heut gegen sechs zu Hause. Wenn Sie gleich rausrücken mit der Sprache, kriegen Sie vielleicht sogar 'n Bier.«

»Herr Krummnow!«, rief ich.

»So heiße ich.«

Er legte auf.

Langsam durchquerte ich den Kasernenflur, und wieder läutete das Telefon. Kat! Oder der Typ mit dem eisigen Atem? Oder hielt mich Edgar Krummnow zum Narren?

9

Immer wenn sich, egal zu welcher Jahreszeit, nasskalte Novemberstimmung in meinem Gemüt einnistet, weiß ich, es ist Zeit für einen neuen Haarschnitt. Haareschneiden hat etwas von Neuanfang, von großem Reinemachen dort, wo es am meisten nottut. Man fühlt sich danach wirklich eine Weile wie neugeboren. Außerdem erinnerte ich mich an die Stimme des Alten, wie er aus dem Leichenschauhaus stolpert und jammert: »Mücht wäten, wo se em so jeschorrn häm.«

Nur Karl konnte ihn so übel zugerichtet haben. So hatte ich einen Grund mehr, ihn aufzusuchen, Karl Kloss, vielleicht nicht der beste Friseur der Insel, dafür aber unschlagbar billig. Karl, dachte ich, schneide die Schwermut weg. Vorne kurz, damit ich sehen kann, an den Seiten kurz, damit ich besser höre, und hinten kurz, damit ich spüre, wie's kalt an mir hochkriecht.

Aber ich kam nicht sofort bis zu Karl. Als ich hinaustrat in die Kälte, dröhnte ein Zug aus grauen Lastwagen an mir vorüber, auf denen Ladekräne montiert waren. Sie donnerten dahin, in Richtung Werft, wollten wahrscheinlich mit dem Abriss beginnen; Gerüchte darüber kursierten bereits seit Wochen, und heute war es soweit.

Als ich bei der Werft ankam, war die Hälfte der Lastwagen schon auf dem Werksgelände verteilt, um die Trümmer der zum Einsturz gebrachten Hallen aufzuladen. Die anderen warteten mit laufenden Motoren auf der Zufahrtsstraße, hüllten die Umgebung in die stinkenden Abgase ihrer Dieselmotoren.

Auf halber Strecke des Piers blieb ich stehen und wunderte mich über all die Leute dort, die ich zwar oft gesehen, aber nie näher kennengelernt hatte. Die Fenster der ehemaligen Kantine waren mit Sperrholzplatten vernagelt, davor standen junge Männer, die alt aussahen und ältere, die uralt wirkten; sie sahen zu, wie Bagger mit Abrisszangen zum Ende des Piers hinausfuhren und darangingen, ihre Fänge in vierzig Jahre Schiffbau zu schlagen. Ich sah mich um und mir wurde klar, dass ich nicht ermessen konnte, was diese Vorgänge für die Männer bedeuteten.

Plötzlich hatte ich das Gefühl, dass mir jemand folgte, und wirbelte herum. Aber nur eine riesige Staubwolke trieb über den Pier an mir vorüber, ich ging mit zusammengekniffenen Augenlidern weiter, bis ich unvermittelt vor einer grauen Baracke stand, in der, wann immer ich hier vorübergekommen war, die Rollos herabgezogen gewesen waren. Heute waren sie oben. Ich blickte hinein. Nicht zu fassen, dachte ich, sieht aus wie eine Bibliothek.

Drinnen brannte eine kleine Lampe. Im Raum war niemand zu sehen, dennoch war er voll, vollgestopft mit einem Schreibtisch, einem Stuhl, einer alten Ledercouch, Stapel von Büchern an den Wänden, einige beinahe bis zur Decke empor. Es schienen Tausende zu sein, hineingestopft, übereinandergestapelt.

Ich trat zurück und las die Schilder neben der Eingangstür, die ich bislang immer ignoriert hatte. GESUNDHEITSAMT. Doch die Schrift war verblichen.

Auf dem nächsten stand: PATIENTENAKTENARCHIV.

Ich trat zögernd näher zur Tür, denn direkt über der Klinke war mit Reißzwecken eine kleine Visitenkarte befestigt. Auf ihr stand der Name des Besitzers: H.-J. Renke, und darunter etwas kleiner: *Diplom-Psychologe.*

Ich drückte mein Gesicht erneut gegen das Fenster. Ich überlegte, ob auf der Couch dort wohl manchmal Patienten liegen, um ihr Seelenleben zu offenbaren, es schien mir unwahrscheinlich.

Doch was mich eigentlich interessierte, waren die Bücher. Nicht nur die Regale quollen von ihnen über, sie füllten auch die Badewanne, von der ich durch eine offene Tür eine Hälfte erkennen konnte. Eine Küche sah ich nicht. Ich fragte mich, ob wohl der Kühlschrank ebenfalls voller Bücher war.

Von einigen konnte ich die Titel erkennen. Ich sah eine Werkausgabe von Alfred Adler, und zwischen *Der Sieg des Denkens* eines gewissen A. Beyer und Tschernyschewskis *Was tun?* einen Band Tiergeschichten von Hermann Löns. Ich wandte mich leise lachend ab.

»Was ist denn hier so lustig?«, fragte jemand hinter mir.

Ich drehte mich um.

»Was hier so lustig ist, hab ich gefragt.«

Vor mir stand ein rundes Männchen mit flinken dunklen Knopfäuglein und einem Kinnbart in dem pausbäckigen Gesicht.

»Ihre Bibliothek?«, stotterte ich.

Der Mann starrte mich aufgebracht an und wartete.

»Verzeihen Sie, bitte«, bat ich. »Ich hätte nicht erwartet, ausgerechnet in Niewetow eine so umfangreiche Sammlung zu finden. Gehören die etwa alle Ihnen?«

Das Funkeln in Renkes winzigen Äuglein erlosch. Er ließ die kurzen Arme sinken, seine fleischigen Fäuste öffneten sich. Mein Lob ließ ihn wie einen Fremden offenen Mundes von außen in die eigene Wohnung blicken.

»Doch«, murmelte er erstaunt, »die gehörn wirklich alle mir.«

Ich sah hinab auf den Mann, der höchstens einen Meter sechzig groß war, und es drängte mich nachzusehen, ob er vielleicht erhöhte Absätze trug. Aber ich senkte die Augen nicht, hielt sie auf Höhe seines Haaransatzes. Er schien sich nicht mal zu fragen, was ich hier wollte, eingenommen wie er war von seinem Besitz.

»Es sind zweitausendeinhundertunddreizehn«, verkündete er.

»Das wissen Sie so genau?«, entgegnete ich anerkennend. »Ich würde wirklich gern mal bei Ihnen vorbeischauen, um ein bisschen darin herumzustöbern. Natürlich nur, wenn Sie nichts dagegen haben.«

Renke dachte einen Moment nach, schien zu dem Schluss zu kommen, dass ich zu den Vertrauenswürdigen gehöre, und griff nach der Klinke. Er wandte sich nochmal um und musterte mich eindringlich aus seinen Knopfaugen, seine Wurstfinger zuckten.

»Warum nicht gleich?«

»Jetzt geht es leider nicht. Ein andermal vielleicht, Herr ...«

»Renke, Hans-Jochen Renke, Diplom-Psychologe. Spezialist für die hoffnungslosen Fälle.«

Er versuchte, meinen Ton zu imitieren. Sein dünnes Lächeln war eine Kopie von meinem, ich war mir sicher, es würde augenblicklich verschwinden, wenn ich eine ernste Miene aufsetzte. Ich schaute über ihn hinweg.

»Warum haben Sie das alte Gesundheitsamtsschild nicht abgenommen?«

»Und das Patientenarchiv? Jedes Gebäude hat seine Geschichte. Warum sie verleugnen? Treten Sie ruhig näher!«

Ich machte einen Schritt, blieb dann aber wieder stehen.

»Kommen Sie!«, ermunterte Renke mich, und sein Lächeln erinnerte mich an einen Fisch. »Treten Sie ein!«

Bei jeder dieser sanften Aufforderungen schob ich mich einige Zentimeter voran und blickte irritiert auf das Patientenaktenschild über dem Kopf des Mannes. Wachsam ruhten seine Augen auf mir.

»Hier entlang«, dirigierte mich Renke in den Flur und wies ohne hinzusehen mit einer Kopfbewegung zur Bibliothek.

In diesem Moment erbebte der Pier. Die Erschütterung ließ die Wände erzittern, die Vibrationen pflanzten sich in unseren Körpern fort und mit ihnen das Bewusstsein von Verletzlichkeit und Verfall. Beide wandten wir mit einem Ruck den Kopf nach draußen und versuchten, durch den Staub etwas von den Zerstörungen zu erkennen, die dort im Gange waren. Ich wurde vor Renkes Tür von den mächtigen Schlägen durchgerüttelt, er auf der Schwelle, wie eine Spielzeugpuppe, und eine noch tiefere Blässe entfärbte sein wächsernes Gesicht. Ohne Unterlass hämmerten und dröhnten die riesigen Maschinen dort im Nebel, hundert Meter entfernt, und unsichtbare Risse schienen sich auch auf Renkes feuchter Stirn und seinen milchigen Wangen zu bilden.

Das war meine Chance zur Flucht, doch ich zögerte noch, Renkes Blick lag wieder auf mir, flehend jetzt, als könnte ich ihn vor dem vermeintlichen Inferno beschützen, gleich würde er nach meinem Oberarm greifen. Erneut erzitterte der Boden. Ich schloss die Augen. Ich meinte, ein Telefon klingeln zu hören. Beinahe hätte ich geschrien: Das ist für mich!

Dann stürzte ich hinaus.

10

Karls Laden lag direkt dem Rathaus gegenüber neben einer Lotterieannahmestelle, in der die Hoffnung aufs große Los verkauft wurde an Männer und Frauen, die den andern großen Verheißungen ihres Lebens weitestgehend den Rücken gekehrt hatten, wissend inzwischen um die Flüchtigkeit all dessen, was man nicht in Form eines Geldscheins befingern konnte. Im Ladenfenster lagen ein paar tote Insekten unter dem Fliegenfängerstreifen, und Karl stand hinter der Registrierkasse und schob sich einen Kaugummi in seinen riesigen Mund. Der Verkauf von Kosmetikartikeln und Haushaltswaren war nach und nach zu seinem Hauptgeschäft geworden, das Haareschneiden betrieb er nur noch bei alten Stammkunden in einem Nebenraum, meist nach Ladenschluss. Zu Ausgewählten kam er zur Haar- und Bartpflege nach Hause, wie zu Fanny, der mich schon kurz nach meiner Ankunft auf der Insel zu ihm geschickt hatte, er hielt Karl nicht nur für einen passablen

Gitarristen, sondern außerdem für die reichhaltigste Informationsquelle weit und breit.

Karl näherte sich seinen Kunden so, wie ein Raubtierdompteur zur Fellpflege an den Tiger herantritt, besorgt um die Kontrolle über die knurrende Katze, die dem Kamm und der Schere widerstrebt wie im Frisierstuhl der Kunde, dem er hart mit dem Haarschneider in den Nacken fuhr, sich gelegentlich verhakte, einen Fluch ausstieß und den Arm zurückriss wie beim Ziehen eines Zahns. Dabei redete er noch mehr als andere Friseure, die ich kannte, man brauchte ihm nur ein Stichwort zu liefern, und er betrachtete das vorgegebene Thema bis zur völligen Erschöpfung aus den absurdesten Blickwinkeln. Angeblich hatte er sein Handwerk bei der Besatzung von Paris im letzten Weltkrieg gelernt, und während er den Kopf schieflegte, kam er immer irgendwann zur entscheidenden Frage.

»Hab ich dir vom guten alten Django erzählt? Also, Django Reinhardt und ich, weiß Gott, hör zu! Damals 1941, als er mir seinen ›Minor Swing‹ beigebracht hat. Du hast wirklich noch nichts davon gehört?«

An der Wand hing ein Foto von Django Reinhardt mit einer verblassten Unterschrift. Darauf sah man Karl, sehr jung, in Wehrmachtsuniform mit einer Gitarre im Schoß, und über ihn gebeugt der große Jazzer, dessen Hände auf den Schultern des selig lächelnden Jungen liegen. Der Gesichtsausdruck von Karl brach mir das Herz, deshalb vermied ich es, das Foto anzusehen. Es war schon schlimm genug zu sehen, wie Karl daraufschaute, sich die Lippen befeuchtete und sich die alte Frage »Was wäre gewesen, wenn?« stellte, für einen Freund von Fanny sogar nach Ladenschluss zur Gitarre griff und mit seinen alten zittrigen Fingern die ersten Takte des »Minor Swing« anstimmte.

Ich musste mich diesmal dazu zwingen, die Ladentür aufzuziehen, unsicher trat ich ein, den Blick auf den blankgescheuerten Boden gerichtet.

»Hallo, Karl, nicht viel los heute, oder?«

»Du weißt doch«, erwiderte er, »dass hier kaum noch einer reinkommt, außer Glatzköpfe und Idioten, die nach dem Weg ins Irrenhaus fragen. Ganz selten mal einer wie du, der einen Haarschnitt braucht und kein Geld hat. Also geh durch zum elektrischen Stuhl, hier ist eh nichts weiter zu tun.«

Ich folgte seinen Anweisungen, setzte mich in den einzig verbliebenen Drehstuhl inmitten von Spiegeln und blickte zu Boden auf die Reste alter Haare, stumme Zeugen mir unbekannter Ereignisse.

Endlich kam Karl herein, durchschritt das verstaubte Spiegelkabinett und griff rein mechanisch nach Schere und Kamm. Als er hinter mich trat, zögerte er einen Moment, wie der Militärfriseur, der er einmal gewesen war, angesichts des blutjungen Rekruten vor seinem letzten Gang in die Schlacht. Er fragte mich, wie ich's haben wolle, so wie beim letzten Mal oder kürzer, doch ich starrte, während er anfing, nur gedankenverloren in die traurige Leere des Zimmers im Spiegel.

Meine Augen blieben an einem weißen Tuch hängen, das ein sperriges Möbelstück an der gegenüberliegenden Wand verhüllte. Ich fragte: »Karl, spielst du noch Gitarre?«

Karl schnippelte mit der Schere ungewohnt schweigsam weiter um meinen Hals herum.

»Alles in Ordnung, Karl?«

»Wann hört endlich dieses Sterben auf?«, fragte Karls Stimme aus weiter Ferne.

Und dann brummte mir die Hummel beißend um die Ohren, jagte Schauer über meinen Rücken, bis Karl wieder zur Schere griff und mir ins Haupthaar fuhr wie eine Sichel ins Getreidefeld. Sein Atem roch nach Schnaps, aber ich ließ mir nichts anmerken.

»Karl?«

Er fuhr mir mit zittrigen Fingern über den Kopf. »Du lieber Gott, sieh nur, was ich dir angetan hab, und ich bin noch nicht mal fertig. Eigentlich sollt ich dir was dafür zahlen, dass ich dich so rumlaufen lass. Genauso wie du jetzt hat er dagesessen, hat in den Spiegel geschaut und gesagt, ich soll ihn feinmachen. ›Karl, mach mich fein‹, sagt er, ›für die Nacht meines Lebens, im neuen Kongresscenter drüben in Sundhafen. Die haben angerufen und gesagt, ich hätt gewonnen. Den Hauptgewinn der Klassenlotterie. Und deshalb wird man gefeiert?, frag ich. Machen Sie sich fein, haben die gemeint. Und da bin ich nun, Karl. Hinten hoch ausrasieren und über den Ohren zwei Finger breit, ja?‹ Ich hab geschnitten wie der Teufel, sag ich dir. Der Alte war seit mindestens einem Jahr nicht mehr unter der Schere gewesen. Als er ging, war er glücklich, würd mich nicht wundern, wenn er seine letzten fünf Mark hiergelassen hat. Genauso wie du jetzt hat er dagesessen. Und nun ist er tot. Irgendwer hat ihn in 'nem Bauwagen gefunden, im Kanal, unter Wasser, tot.«

»Irgendwer«, wiederholte ich heiser.

»Schätze, er hatte noch nie Champagner getrunken. War blau und ist reingefallen. ›Karl‹, hat er gesagt, ›mach mich fein.‹ Was einem so alles passieren kann! Hätt genauso gut mich treffen können, und jetzt, verdammte Scheiße, ist er für immer hinüber. Gibt einem das nicht zu denken? Du siehst nicht gut aus, Junge. Ich red zu viel, oder?«

»Hat er auch erzählt, wer ihn abholen würde?«, fragte ich.

»Nichts Besonderes, soweit ich mich erinnere, ein Fahrer sollte ihn auf dem Festland am Fährhafen treffen und ihn dann bis vor die Tür vom Kongresscenter fahrn. Zurück zur Fähre würde die Gesellschaft ihm ein Taxi stellen. Hast du schon mal Sonnabendnacht die letzte Fähre genommen? Du denkst, du bist auf einem völlig überladenen Partydampfer, und bei der Hälfte der Passagiere fragst du dich, wie sie's überhaupt bis an Deck geschafft haben. Einmal und nie wieder, sag ich dir. Ich war mir sicher, der Kahn säuft ab unterwegs. Sag mir, falls ich zu viel rede. Jedenfalls«, fuhr er schließlich nach einer kurzen Pause fort,

»wird er jetzt mit diesem furchtbaren Haarschnitt, den ich ihm verpasst hab, unter der Erde liegen. Das war wirklich 'ne üble Woche. Da verschwindet einer mit einer unmöglichen Frisur, taucht als Wasserleiche wieder auf, und mir wird immer klarer, dass meine Hände zu überhaupt nichts mehr taugen, und …«

»Du weiß nicht, wer den alten Mann gefahren hat?«

»Woher denn? Er wollt vorher noch mit jemandem ins Kino, hat er gemeint. Aber wieso willst du das eigentlich alles wissen, Junge? Du …«

Das Telefon läutete. Karl blickte hinüber, und die Farbe wich aus seinem Gesicht. Es klingelte dreimal.

»Willst du nicht rangehen?«

Er schüttelte den Kopf.

»Warum sollt ich? Sind ohnehin nur schlechte Nachrichten!«

»Ja, manchmal glaubt man das«, stimmte ich ihm zu.

Ich nahm langsam den Frisierumhang von meinen Schultern und stand auf. Karl drehte sich um und schlug auf die alte Registrierkasse. Auf der Anzeige tauchten lauter Nullen auf.

Ich betrachtete mich im Spiegel.

»Toller Schnitt, Karl«, sagte ich anerkennend und berührte mit den Fingern die Stelle an der Wand, wo das Foto von Django hing. Falls Karl es sah, sagte er nichts dazu.

Beim Hinausgehen wäre ich beinahe auf einem Haarbüschel ausgerutscht.

11

Ich lief direkt zu Krummnows Bungalow. Ich blieb draußen stehen, bis er die Tür aufriss: »Lungern Sie schon wieder vor fremden Türn herum?«

»Wär das erste Mal. Liegt mir nämlich nicht, nachts um drei Leute zu erschrecken.«

Er hielt mir seine linke Hand hin. Ein winziger Klumpen ölverschmierter grüner Seetang lag darin. Ich streckte ihm meine Hand entgegen, mit der gleichen, schon etwas vertrockneten Masse.

Krummnow ließ den Blick von meiner Hand zu seiner wandern, sah mir dann ins Gesicht und seufzte.

»Könnten diese Augen lügen?«

Er ließ die Arme sinken und trat zur Seite.

»Sie trinken Bier, oder? Kommen Sie rein!«

Er drehte sich um und ging kopfschüttelnd davon; ich kam mir vor wie ein ehemaliger Student, der seinen alten Professor nach langer Zeit nochmal besucht.

Krummnow stand im Wohnzimmer und blickte durchs Fenster auf den Weg hinaus, den ich gerade durch seinen Garten genommen hatte.

»Um drei Uhr«, murmelte er. »Da draußen! Ich bin mir sicher, ich hab jemanden weinen hörn, was sagen Sie dazu? War das die Stimme der Todesfee? Dieselbe vielleicht, die der alte Schmitt gehört hat? Ich hab direkt 'ne Gänsehaut gekriegt.«

Er sah mich an.

»Sie glühn ja wie 'ne Rotlichtbirne.«

Er schlappte davon in die Küche und kam mit zwei geöffneten Bierflaschen zurück. »Die Sonne ist noch nicht ganz weg, setzen wir uns noch eine Weile ins Grüne.« Er ging mir voran in den Wintergarten, der einem Tropenhaus ähnelte. Durch die Hintertür traten wir ein ins üppige Grün der Ranken, Stauden und Kakteen, zwischen denen ein Tischchen und zwei Korbsessel standen, ein verschmitztes Lächeln lag auf Krummnows Gesicht. »Hab über fünfzig verschiedene Sorten Kakteen, das da drüben ist eine besonders seltene Art Agave, wächst nur im Hochland von Peru. Hätten Sie mir nicht zugetraut, oder?«

»Jeder Bürojob braucht einen Ausgleich«, erwiderte ich forsch.

»Ein Job genügt uns genauso wenig, wie uns ein Leben genügt. Ich hätt gern mehr von beiden.«

»Genau. Ärzte sollten ab und an mal Gräber ausheben, und Totengräber sollten einen Tag in der Woche auf der Säuglingsstation aushelfen. Philosophen sollten regelmäßig in finsteren Eckkneipen Gläser spülen, und Anwälte sollten bei Sportwettkämpfen den Kampfrichtern assistieren. Kriminalbeamte dagegen ...«

»Sollten den Garten Eden bestellen?«, fügte er ruhig hinzu. Er lachte und schüttelte den Kopf.

»Sie sind ein verdammter Besserwisser. Sie glauben, Sie hätten mich durchschaut.«

Er griff nach einer Gießkanne, und ein sanfter Regen sprühte aus der Tülle auf die tropische Fülle ringsum. Er legte den Kopf schief und musterte mich.

»Hab ich nicht Recht?«

Ich zuckte die Schultern.

»Wer so viel mit Tod und Verfall zu tun hat wie Sie ...«

»Wenn ich doch wenigstens all die Fäulnis, die ich übers Jahr zu sehen bekomme, als Dünger verwenden könnte.«

»Was könnten Sie für Rosen züchten!«, ergänzte ich.

»Zum Wohl«, sagte Krummnow. Er ließ sich in einen der Korbsessel fallen und trank von seinem Bier.

Ich nahm einen kräftigen Schluck und setzte mich zu ihm.

»Haben Sie mich wirklich wegen des Zeugs vor Ihrer Haustür herbestellt? Ich gehöre doch nicht etwa zu den Verdächtigen?«

»Was glauben Sie denn?«

Er nahm einen kräftigen Schluck und sah mich über die Flasche hinweg an.

»Wenn ich Ihnen zutrauen würde, dass Sie Leichen in versunkene Bauwagen stopfen, hätt ich Sie längst eingebuchtet, mein Freund. Meinen Sie etwa, ich hab mich nicht nach Ihnen erkundigt?«

Er schloss die Augen.

»Nicht weit von Ihrem Quartier entfernt gibt's einen Getränkeladen und ein Eiscafé und gleich daneben einen asiatischen Imbiss. Die Leute, mit denen ich geredet hab, halten Sie ausnahmslos für etwas merkwürdig, sie verstehen einfach nicht, warum ein junger Mensch wie Sie, dem scheinbar die Welt offensteht, sich seit Monaten in dieser gottverlassenen Gegend herumdrückt. Einer Story wegen, deren wesentliche Fakten man mühelos innerhalb einer Woche recherchieren könnte. Wie auch immer, alle mögen Sie, Hemingway, und das ist doch das Wesentliche.«

Ich wurde feuerrot im Gesicht und hielt den Kopf gesenkt, denn ich fühlte mich zugleich verärgert und geschmeichelt, ich genoss die Aufmerksamkeit, die Krummnow mir entgegenbrachte.

»Und das alles haben Sie rausbekommen, seitdem der alte Mann ermordet worden ist? Seitdem er starb, meine ich.«

»Es interessiert mich nun mal, mit wem ich's zu tun hab.«

Ich wandte mich instinktiv um, in mir regte sich plötzlich ein Verdacht.

»Haben Sie hier ein Arbeitszimmer?«

»Klar! Wieso?«

Krummnow runzelte leicht beunruhigt die Stirn.

Ich sprang aus meinem Sessel auf.

»Könnte ich wohl mal einen Blick hineinwerfen?«

»Da gibt's nicht viel zu sehen.«

Ich ging in die Richtung, in die sein Blick geschnellt war. Das Zimmer lag direkt neben der Küche. Es mag einmal das Schlafzimmer gewesen sein, aber jetzt war es leer bis auf einen Stuhl und einen Schreibtisch mit einer Reiseschreibmaschine darauf. Daneben lag ein Stapel weißer Blätter.

»Jetzt wird mir einiges klar«, sagte ich. »Vor allem, warum Sie mich immer so misstrauisch ansehn.«

»Reden Sie keinen Unsinn«, sagte Krummnow beinahe sanft.

»Wenn es doch aber so ist!«

Ich blickte auf den Schreibtisch, der auf jeder Seite drei Schubladen hatte. Ich langte nach der rechts unten. Krummnow schüttelte den Kopf. Ich berührte die Lade darüber. Er nickte. Ich zog sie langsam auf. Krummnow seufzte.

Vor mir lag, unter einer Klarsichthülle, eine Art Manuskript. Es mochte ungefähr einhundertfünfzig Seiten umfassen, ein Deckblatt fehlte.

»Wie lange liegt das schon da drin?«, fragte ich.

»Zwei Jahre vielleicht?«

»Und wann kommen Sie dazu, es fertigzuschreiben?«

»Machen Sie die Lade zu«, befahl Krummnow.

»Einen Moment nur.«

Ich setzte mich auf den Schreibtischstuhl, nahm einen Stift und ein weißes Blatt und schrieb mit Druckbuchstaben darauf vier Worte in die erste Zeile und drei in die zweite. Krummnow guckte mir über die Schulter und las, ganz ruhig, laut vor.

»›Der Tod auf Niewetow‹.«

Er holte Luft und las weiter.

»›Von Edgar Krummnow‹. Du lieber Himmel!«

»Hier, bitte.«

Ich legte das frische Titelblatt oben auf das wartende Manuskript und schob die Lade wieder zu.

»Das ist ein Geschenk. Ich kenne einen sehr rührigen Literaturagenten. Sie müssen es nur noch fertigschreiben.«

Ich spannte ein Blatt in die Maschine und fragte: »Was war die letzte Seite, ganz unten in ihrem Manuskript?«

»Einhundertdreiunddreißig«, antwortete Krummnow.

Ich tippte eins, drei, vier und ließ das Blatt in der Maschine.

»So«, sagte ich dann. »es wartet. Morgen Abend nach

Feierabend lassen Sie den Fernsehapparat aus, ziehen den Telefonstecker, setzen sich hier hin und fahren fort auf dem Weg in ein neues Leben.«

»Blödsinn«, brummte Krummnow.

»Die Götter tun das ihre, aber die Arbeit müssen Sie schon allein verrichten.«

»Sie geben mir neuerdings Anweisungen?«

»Nein, ich lese nur Ihre Gedanken.«

Er wandte sich ab, ging in die Küche und holte sich ein weiteres Bier aus dem Kühlschrank. Ich wartete an seinem Schreibtisch, bis ich hörte, wie die Hintertür zufiel.

Als ich mit meiner Flasche hinaus in den Wintergarten trat, war er dabei, die Pflanzen zu wässern.

»Der alte Mann …«, begann er.

»Wilhelm Schmitt?«

»Ja, Wilhelm Schmitt. Der Autopsiebericht ist heute früh gekommen. Er hatte kein Wasser in der Lunge. Er könnte an einer Alkoholvergiftung gestorben sein.«

»Also ist er nicht ertrunken. Also wurde er an Land umgebracht und später in den Bauwagen gesteckt. Das beweist doch …«

»Nur nichts überstürzen, und erzählen Sie vor allem keinem, dass Sie das von mir haben, sonst nehme ich Ihnen das Bier wieder weg.«

Ich hielt ihm meine fast leere Flasche hin. Er stellte die Gießkanne beiseite.

»Was haben Sie wegen dem Haarschnitt unternommen?«, fragte ich.

»Wegen was für einem Haarschnitt?«

»Sein Bekannter hatte nach der Leichenschau darüber gejammert, was für einen furchtbaren Schnitt man ihm verpasst hätte, erinnern Sie sich? Ich hab den Friseur dazu.«

Ich erzählte Krummnow von Karl, von dem Gewinn, den man Schmitt versprochen hatte, und was der Alte an seinem letzten Abend vorgehabt hatte.

Krummnow hörte geduldig zu und sagte dann: »Etwas dürftig.«

»Mehr haben wir nicht«, entgegnete ich. »Soll ich im Kino nachfragen, ob ihn dort jemand gesehen hat an dem Abend, an dem er verschwunden ist?«

»Das werden Sie nicht tun«, sagte Krummnow bestimmt.

»Kann ich sonst irgendwie helfen?«

»Sie halten sich raus aus dem Fall, oder wollen Sie mich um meinen Job bringen? Ich brauche Sie für wichtigere Dinge«, fügte er mit einer leichten Kopfbewegung in Richtung Arbeitszimmer leise hinzu.

»Sie haben wohl vergessen, dass der Kerl, der vergangene Nacht hier rumgelungert hat, auch schon vor meiner Tür gestanden hat.«

Krummnow warf einen spöttischen Blick auf mich. Dann wandte er sich wieder der Wässerung seiner Pflanzen zu.

12

Auf dem Rückweg hörte ich von einem toten Surfer, der am Strand angespült worden war. Nur widerwillig hatte ich mich aus Krummnows Refugium entfernt, war aus seinem Tropenhaus zurückgekehrt in die feuchte Kühle von Niewetow.

Als ich wieder das Meer sah, fühlte ich mich wie in einem anderen Land, der Nebel stieg herauf, er schien das Unglück am Strand so rasch wie möglich in Vergessenheit hüllen zu wollen. Doch was dort geschehen war, führte in Niewetow ohnehin nicht allzu lange zu schlaflosen Nächten, war etwas anderes als Leichen in versunkenen Bauwagen. Für die Polizei gab es hier nichts zu tun, der Ertrunkene hatte sich einfach zur falschen Jahreszeit zu weit hinausgewagt.

Inzwischen war der Strand leer. Eine noch größere Leere strahlte nur noch der alte Pier aus.

»Kurwa mać«, hörte ich jemanden bei seinem Anblick unwillkürlich flüstern: mich selbst, warum auf Polnisch, weiß der Himmel.

Die Werft war ein für alle Mal verschwunden. Was noch übrig war von ihr, lag wie überdimensionale Mikadostäbchen hingestreut im Licht der Bauscheinwerfer, und ein großer Bagger mit langem Greifarm spielte jetzt mit ihnen, beugte sich grunzend darüber und hob sie auf die Ladefläche eines Lasters.

»Wann hört dieses Sterben endlich auf?«, hatte ich Karl vor ein paar Stunden fragen hören.

Ich hatte das Gefühl, dass jemand hinter mir war. Ich wirbelte herum. Doch ich wurde nicht verfolgt, von niemandem.

Auf der anderen Straßenseite lief Renke. Er eilte dahin, die Hände in den Jackentaschen vergraben, den Kopf eingezogen, und blickte ängstlich um sich wie ein alter Kater nach einem Rudel hungriger Straßenköter.

Ich hab's, dachte ich, jetzt weiß ich, an wen er mich erinnert: an Peter Lorre in *Casablanca*, in der Nebenrolle eines Heimatlosen, ein Ausdruck so verzweifelter Verlorenheit, dass eine berührende Liebesgeschichte darüber beinahe in den Hintergrund zu treten droht.

Renke warf im Laufen immer wieder Blicke zurück in die formlosen Nebelschwaden, die vom Meer langsam herüberwehten. Sieht aus, als wären sie auch hinter ihm her, dachte ich.

Die »Lichtburg« von Niewetow lag verborgen hinter einer ehemaligen Gaststätte, deren Tanzsaal sie wohl einst gewesen war. Man erreichte sie durch einen finsteren Durchgang zwischen zwei Mietshäusern, nur die Schaukästen mit den Filmplakaten zur Straße hin an der Frontseite des ehemaligen Lokals wiesen darauf hin, dass sich hier ein Kino befand.

Ich wanderte zwischen den Kästen hin und her, um herauszufinden, welcher Film gegeben würde, doch vergebens suchte ich nach Uhrzeitangaben auf den schon etwas vergilbten Plakaten.

Ich trat durch den Durchgang in den Hof, und tatsächlich brannte Licht über der Saaltür, dort, wo vor Vorstellungsbeginn das Eintrittsgeld kassiert wurde. Gelangweilt kauerte ein Mann im blauen Arbeitskittel hinter einer Geldkassette und einer Billettrolle auf seinem Stuhl.

Erinnerungen stiegen auf an Tricks und Betrügereien, um als Halbwüchsiger an Wächtern wie diesem vorüberzugelangen, hinein in die Anonymität des Saales, wo gleich ein Film beginnen würde, dessen Altersfreigabe um ein, zwei Jahre zu hoch für mich war. Seit Wochen schon beim Gang in eine dieser elenden, schon für Sechsjährige freigegebenen Vorstellungen hatte mein sehnsüchtiger Blick sich draußen auf eines der frischen Plakate geheftet für einen amerikanischen Neowestern oder einen französischen Film Noir mit dem verhängnisvollen Vermerk P 14 daneben. Was war die Spannung, die ich jetzt empfand, schon gegen die von damals beim Vorzeigen eines dilettantisch gefälschten Mitgliedsausweises irgendeiner Massenorganisation?

»Einmal?«, fragte der Mann im Kittel und ließ die Kassette aufschnappen.

»Was geben Sie denn heut Abend?«

»Suchen Sie sich was aus. Sie sind bis jetzt nämlich der einzige Gast.«

Obwohl ich diese Art des regionalen Humors inzwischen gewohnt war, fielen mir doch sofort die Titel von Lieblingsfilmen meiner Kindheit ein: *Spur des Falken, Tödlicher Irrtum, Der Seewolf, Die Höllenhunde von Alaska*; ich hatte sie alle über die Leinwand unseres alten Dorfkinos flimmern sehen, gepresst in einen harten Klappsitz, in einer Nachmittagsvorstellung, manchmal in Begleitung meines Vaters.

»Ich glaub, das kann ich nicht annehmen, Herr Woschniak.«

An seinem Kittel klemmte sogar ein Namensschild.

»Ich an Ihrer Stelle würd's mir überlegen. Wann bekommt man schon mal so ein Angebot. Und alles zum Normalpreis.«

»Ich fürchte, ich kann mich einfach nicht entscheiden. Und falls ich's tue, geht's mir hinterher schlecht, weil ich doch lieber einen anderen Film gesehen hätte. Ich bin mit solchen Situationen völlig überfordert, wissen Sie?«

»Dann lassen Sie sich eben einfach überraschen.«

Es klang wie sein letztes Angebot.

»Lassen wir das. Ich wollte Sie eigentlich etwas ganz anderes fragen. Haben Sie vielleicht vor drei Tagen den alten Mann, der immer im Fahrradverleih rumsitzt und den sie vorgestern tot aus dem Kanal gezogen haben, hier im Kino gesehen? Schmitt hieß er, Wilhelm Schmitt.«

»Ja, den hab ich gesehn. Sie sind der Mann von der Zeitung, hab ich Recht?«

»Ja. Haben Sie gesehen, ob Herr Schmitt hier jemanden getroffen hat?«

»Ich war beschäftigt. Es wollten gerade acht Leute Eintrittskarten kaufen. Acht! Als ich wieder hingesehen hab, war Herr Schmitt nicht mehr da. Wieso?«

Ich ließ die Schultern sinken. Er muss mir die Enttäuschung angesehen haben, denn ein Ausdruck des Mitgefühls regte sich in Herrn Woschniaks Zügen.

»*Das Testament des Dr. Mabuse, Frau ohne Gewissen* oder Hitchcocks *Saboteure* hätte ich zum Beispiel im Angebot.«

»Sind das nicht alles Stummfilme?«

»Je mehr Ton, desto weniger Film, junger Freund. Die genannten sind keine Stummfilme, aber zum Teil noch mit Schauspielern, die so großartig agieren, wie sie es beim Stummfilm gelernt haben. Sie könnten sich einen Platz aussuchen.« Er griff nach seiner Billettrolle. Eine graublaue Eintrittskarte schob sich mir entgegen.

Ich zückte einen Zehnmarkschein.

»Stimmt so. Betrachten Sie's als Spende. Wenn sie schon keinen Film mit Heide Waldschmidt für mich haben.«

»Der würde mein Haus leider auch nicht mehr retten. Kommende Woche ist Schluss hier.«

»Tut mir leid. Was werden Sie tun stattdessen?«

»Keine Sorge. Ich hab mein Auskommen. Und Interessenten für mein Filmarchiv, über fünfhundert Rollen, gerettet vor den Feuern des Vergessens. Vielleicht sollte ich eine kostenlose Abschiedsvorführung organisieren und an jenem Abend die Stromversorgung der Stadt kappen. Statt des Films würde ich den vor der Lichtburg versammelten Fernsehzuschauern das Kino in Flammen präsentieren, befeuert von verachteten Hartholzklappstühlen.«

»Sperren Sie den Laden zu, und suchen Sie sich ein warmes Plätzchen. Sieht nicht so aus, als ob sich heut Abend noch jemand von seinem Bildschirm losreißen wird. Ich jedenfalls würd mich da drinnen, überwältigt von flachen Schwarz-Weiß-Riesen, noch einsamer fühlen als allein vor dem Fernsehapparat.«

»Zwingen kann ich Sie nicht«, sagte er und schloss die Kassette ab.

Inzwischen war es Nacht geworden. Der Pier lag im Dunkeln, nur in einem Fenster von Renkes Bibliothek brannte noch Licht. Ich ging darauf zu. Sofort erlosch es. Ich eilte zur Telefonzelle und wählte die Nummer von Krummnow.

»Herr Krummnow«, rief ich ins Telefon und schluckte mit trockener Kehle, »ich hab noch einen Namen für unsere Liste.«

»Von was für einer Liste reden Sie, Mann? Wissen Sie überhaupt, wie spät es ist?«

»Außer der Frau mit den Vögeln …«

»Das ist nicht unsere Liste, sondern Ihre.«

»H.-J. Renke, der Psychologe vom Pier.«

»Sie meinen diesen durchgeknallten Seelenklempner? Nun machen Sie sich mal nicht lächerlich, ja?«

»Legen Sie noch nicht auf, bitte. Ich seh's ihm an, dass er der Nächste ist. Ein Bekannter von mir ist letztes Jahr in einem alten rosa Cabriolet im Tuntenoutfit über die Dörfer gefahren. Auf der Fahrt hundert Kilometer durch die Mark wäre er viermal beinahe von der Straße gedrängt worden, dreimal hat man ihn beim Überholen behindert. Wäre er verunglückt, wäre es eindeutig Mord gewesen, aber niemand hätte es bemerkt.«

»Worauf wollen Sie hinaus, Mann? Haben Sie was getrunken?«

»Sie werden wohl nicht bestreiten, dass es auf dieser Welt potenzielle Opfer für Gewalttaten gibt, oder? Der alte Mann aus der Fahrradwerkstatt war eins davon, und auch die Frau mit den Vögeln ist eins. Man sieht's in ihren Blicken. Die sagen: Tu mir endlich den Gefallen. Auf Renke würd ich meinen Kopf verwetten.«

»Tun Sie's nicht«, sagte Krummnows müde Stimme am anderen Ende. Dann legte er auf.

Ernüchtert schlich ich die nächtliche Straße entlang. Direkt neben dem Eiscafé hatte ein neuer Laden eröffnet. Dort, wo sonst immer das Rollo heruntergelassen war, erhellte weißes Neonlicht die Auslage eines Schaufensters. »Medizinische Geräte und Prothetik« stand in roten Druckbuchstaben auf dem Glas. Unter einem Torso mit elektronischen Arm- und Beinprothesen lagen zwischen orthopädischen Schuhen und verschiedenen Fußmodellen drei Paar Glasaugen, ein blaues, ein braunes und ein grünes. Wie sie so dalagen auf ihren gepolsterten Miniaturpodesten, erinnerten sie mich an das Murmelspiel in den Hofpausen meiner Schulzeit. Besonders begehrt war ein Typ Glasmurmeln, von uns Wester getauft, mit bunten Einschlüssen ähnlich den Pupillen von Schlangenaugen. Jede wog eine Handvoll von unverzierten auf, Froschaugen genannt oder einfach nur Glaser. Wie viele Wester man wohl hätte einsetzen müssen, fragte ich mich, im Spiel gegen diese Glasaugen. Die dort vor mir lagen, blickten nur starr geradeaus, wie durch mich hindurch in eine kalte Zukunft, die irgendwo hinter mir liegen musste. Ich wandte mich um und ging hinein, geradewegs in mein Bett auf der anderen Straßenseite.

Mitten in der Nacht schreckte ich hoch, schweißgebadet. Ich horchte in die Dunkelheit. War da nicht ein Geräusch an der Tür? Stocherte nicht jemand im Schlüsselloch herum?

Ich ging nicht nachsehen. Mit weit aufgerissenen Augen starrte ich stattdessen zu meinem winzigen Badezimmer hinüber. Gestern Abend hatte ich meinen alten, abgetragenen Bademantel außen an die Tür gehängt. Doch jetzt war der Bademantel kein Bademantel mehr, sondern ein unförmiges Etwas, das auf dem Boden kauernd in meine Richtung starrte.

Damals zu Hause, in der Wohnung meiner Eltern, ich war gerade fünf oder sechs, musste ich, wenn ich nachts auf die Toilette wollte, eine dunkle Treppe hinuntersteigen; unten wartete immer das Tier, außer wenn die kleine Wandlampe brannte. Manchmal vergaß meine Mutter, sie anzumachen. Dann gab ich mir ungeheure Mühe, nicht hinzuschauen, bis ich unten angekommen war. Doch ich schaffte es nie, ich musste einfach hinuntersehn, und das Tier war immer da, wartete auf mich, beobachtete mich, wie ich auf der Treppe stand und mit dem Harndrang kämpfte.

Jetzt lauerte es dort auf dem Boden vor der Badtür. Ich wagte nicht, auch nur zu blinzeln. »Ah!«, schrie jemand auf, irgendwo klingelte ein Telefon. Ich steckte mir die Finger in die Ohren: Stille. Ich zog sie heraus, es läutete wieder. Dann eine Stimme, mehr ein Röcheln oder Gurgeln, wie ein letztes Entweichen von Luft vorm Ertrinken.

Das Läuten hörte auf.

Im Traum klopfte jemand von draußen an den Sarg, in dem ich schlief. Ich stieß den Deckel auf und schwebte wie ein Ballon zur Wohnungstür; ich öffnete sie einen Spalt und blickte in das Gesicht eines schnaufenden Bullen. Das Gesicht grunzte meinen Namen, ich nickte zustimmend. Der Bulle sagte, ich müsse unterschreiben. Ich setzte meine Unterschrift auf einen Zettel, der einem Totenschein glich, und sah, wie der Mann zu einem Lieferwagen trottete, mühsam eine riesige Kiste von der Ladefläche hievte und sie mittels einer Sackkarre zu mir ins Zimmer rollte.

»Um Gottes willen, was ist denn das?«, rief ich aus.

Doch als das riesige Paket gegen den Türpfosten stieß, drang ein metallischer Klang aus seinem Innern, und sein Echo hallte nach wie das Stöhnen Hunderter Saiten.

»Wohin damit?«, fragte der Bulle und ließ seinen Blick durch das Zimmer schweifen. Er hievte die Kiste herum und stellte sie hochkant gegen die Wand, gleich neben das uralte Radiogerät. Dann trottete er wieder hinaus zu seinem Wagen. Die Zimmertür ließ er offenstehen. Von der anderen Straßenseite schauten Passanten mit strahlend blauen und braunen und grünen Glasaugen zu mir herüber und warteten darauf, dass ich die Verpackung aufriss. Zum Vorschein kam eine Gitarre von den Ausmaßen eines Kontrabasses.

»Krummnow!«, rief ich aus und war plötzlich hellwach. Ich spürte, wie das Haar mir schweißnass im Nacken klebte. Meine Beine waren taub.

Was ist los, alter Freund?, fragte Krummnow in meinem Kopf.

Ich hab mir's nochmal überlegt, Herr Kommissar, es wird nicht Renke oder die Alte mit den Vögeln sein.

Sehr interessant, meinte der abwesende Krummnow, wen haben Sie stattdessen auf Ihrer Liste?

Karl, den Gitarre spielenden Friseur.

Schweigen. Ein Seufzer. Draußen war es bereits taghell. Und wie von Sinnen fuhr ich in meine Hosen.

Was sollte ich wohl mit einer Gitarre, dachte ich, ich kann nicht mal »Lady In Black« spielen.

13

Karls Geschäft war offen und leergeräumt, ich stand in der Tür und blickte starr vor Schreck in die ausgeweideten Räume. Mitten im Laden stand ein Mann, der Hausbesitzer, wie ich mich zu erinnern glaubte, der den Boden fegte. Vorwurfsvoll blickte er mich an.

»Karl ist weg«, brummte er.

»Das ist nicht zu übersehen.«

»Der Gauner hat sich davongemacht, obwohl er mir noch drei Monatsmieten schuldet.«

»Lief das Geschäft denn wirklich so schlecht?«

»Im Laden nebenan haben sie mir erzählt, dass er heut früh um sieben hier war. Um halb acht kam der Trödler und hat alles mitgenommen. Würde gern wissen, wie viel er für die Frisierstühle bekommen hat. Ich hätt sie nämlich sofort in Zahlung genommen, haben garantiert antiquarischen Wert.«

»Was meinen Sie, wo er hin ist?«, fragte ich.

»Hat Verwandte in Berlin, soviel ich weiß. Eben war einer da und hat behauptet, Karl hätt ihm vor drei Tagen erzählt, dass er einfach losfahren will, immer geradeaus, ohne zu bremsen, rein in den Bodden.«

»Das würde er niemals tun.«

»Nein, er wird sich's stattdessen irgendwo mit meinem Geld gutgehen lassen.«

Um mich blickend ging ich, ohne zu wissen, wonach ich eigentlich suchte, in dem ehemaligen Frisiersalon herum.

»Wer sind Sie eigentlich?«, fragte der Hausbesitzer und hob den Besen, wie um Abstand zu wahren.

»Brandenburg. Von der Presse«, antwortete ich. »Wir

sind uns hier schon mal begegnet. Dürfte ungefähr acht Wochen her sein.«

»Hab Sie wirklich nicht wiedererkannt.«

»Muss wohl am Haarschnitt liegen«, sagte ich und verschwand hinter einer hölzernen Trennwand, die den hinteren Teil des Raumes, die Mülleimer und eine alte Campingliege abschirmte.

In einem Eimer lag das Foto von Karl und Django Reinhardt, eingebettet in das, was sich in den letzten Wochen an Haaren angesammelt hatte.

Ich griff hinein und zog das Bild heraus. Ich traute meinen Augen nicht, das Bild hatte sich verändert. Karl war noch da, lächelnd, für immer neunzehn und in seinem Schoß die glänzende Gitarre; aber der Mann, der über ihm stand, war nicht Django Reinhardt. Es war jemand anders, ein wesentlich jüngerer Mann im Abendanzug, mit einem süffisanten Grinsen auf dem feisten Gesicht.

Ich sah mir das Foto genauer an. Wo einst Djangos Kopf gewesen war, entdeckte ich vertrocknete Leimreste. Karl, dachte ich, niemand scheint je daran gedacht zu haben, einmal genauer hinzusehn, und natürlich hatte das Bild immer hinter Glas und ziemlich weit oben an der Wand gehangen, so dass man schlecht herankam, um es abzunehmen. Irgendwann, vor langer Zeit, hatte Karl ein Foto von Django Reinhardt gefunden, den Kopf ausgeschnitten und ihn genau auf den dieses anderen Mannes geklebt. Die Unterschrift hatte er auch gefälscht.

Ich drehte das Foto um und griff nochmals in den Eimer, suchte Djangos verlorengegangenen Kopf. Ich fürchtete, dass ich ihn nicht finden würde, und dass der, der ihn von dem Foto abgelöst hatte, auch derjenige war, der Karl angerufen hatte, um ihm die Botschaft zukommen zu lassen: Du bist durchschaut. Ich erinnerte mich daran, wie Karls Telefon geklingelt und er damals nicht abgenommen hatte.

Ich faltete das Foto von Karl ohne Django zusammen und sah dem Hausbesitzer zu, wie er den Boden fegte, auf dem kein Härchen mehr lag.

»Karl ...«, begann ich.

Der Besitzer hielt den Besen still.

»Karl wird doch nicht etwa, ich meine, er würde doch nicht. Karl lebt doch noch?«

»Blödsinn«, knurrte der Besitzer, »natürlich lebt er, wird mächtig einen draufmachen mit seinem Ersparten.«

Ich beschloss, Krummnow vorerst nicht von diesem Verschwinden zu erzählen. Karl hatte schließlich gute Gründe, sich aus dem Staub zu machen, beruhigte ich mich selbst. Abgehauen nach Berlin wahrscheinlich. Ich ging zur Tür.

»Mein lieber Mann«, rief der Besitzer mir nach. »Sie sehen wirklich nicht gut aus.«

Um halb drei nachmittags klopfte es an meine Tür. Ich hatte mich, weil ich die vergangene Nacht nicht geschlafen hatte, erschöpft noch einmal hingelegt. Ich lag da und horchte. Das Klopfen hörte nicht auf.

Irgendwann ertönte die Stimme des Pensionsbetreibers durch die Tür. Ich fragte, was es so Wichtiges gäbe, und er sagte, ein Herr Krummnow hätte angerufen, und es sei dringend. Dann war Ruhe.

Ich zog mir die Bettdecke über den Kopf. So lag ich zwei, drei Minuten, doch je länger ich so zusammengekauert verharrte, desto kälter wurde mir. Als ich schließlich fröstelnd aus dem Bett hüpfte, mich in die Hosen zwängte und zum Telefon trottete, zitterte ich, als wäre ich in einen Schneesturm geraten.

Ich rief im Polizeirevier an. Man sagte mir, wo ich Krummnow erreichte, ich wählte die Nummer, und noch ehe er am anderen Ende der Leitung ein Wort von sich gegeben hatte, wusste ich, was er mir mitteilen wollte.

»Ist es passiert?«, fragte ich.

»Woher wissen Sie?«

Krummnow klang, als habe auch er die ganze Nacht über kein Auge zugemacht.

»Wie sind Sie darauf gekommen, bei ihr vorbeizuschauen?«

»Ihre Pflegerin hat uns angerufen. Jetzt warte ich auf den Gerichtsmediziner. Wollen Sie nicht vorbeikommen und nochmal erzählen, warum Sie das vorausgesehen haben?«

»Das nicht unbedingt, aber ich komme trotzdem.«

In mein Zimmer zurückgekehrt, sah ich das Tier wieder an der Badtür hängen. Ich riss es herunter und trampelte drauf herum.

14

»Es ist kein schöner Anblick«, empfing mich Krummnow. Er stand mir auf der anderen Seite der abgedeckten Leiche gegenüber. Sie lag auf dem Boden direkt neben ihrem Sessel.

Er machte eine Pause, wartete darauf, dass ich ihn mit einem Nicken aufforderte, das Tuch umzuschlagen.

»Wie lange ist sie schon tot?«

»Aufgestanden ist sie noch, gefrühstückt hat sie nicht mehr. Schätze, sie wird seit circa sieben Stunden hier liegen.«

Ich ließ meine Gedanken rückwärts laufen: acht Uhr früh. Da hatte man mir gerade die Riesengitarre geliefert. Kurz darauf war ich zu Karls Laden geeilt. Ich nickte. Krummnow zog das Tuch beiseite.

Die Alte mit den Vögeln, da lag sie, und da lag sie auch wieder nicht. Ein Teil von ihr war davongeflogen in die Dunkelheit; was übrig war, bot einen grauenerregenden Anblick. Ihre Augen starrten auf ein furchtbares Nichts. Der Mund, der einst geflüstert hatte: Nur zu, treten Sie ein, Guten Tag, war jetzt vor Entsetzen weit aufgerissen, schien gegen irgendetwas protestiert zu haben.

Krummnow hielt das Tuch und sah mich an.

»Ich glaube, ich muss mich bei Ihnen entschuldigen.«

»Wofür?«

Das Reden fiel uns schwer über die Tote hinweg, die zwischen uns zur Decke hinauf auf etwas Ungeheures zu starren schien.

»Weil Sie mit ihrer Vermutung richtig gelegen haben, und weil ich daran gezweifelt habe.«

Krummnow zog das Tuch sachte wieder hoch.

»Aber dies war ganz sicher ein natürlicher Tod. Sie hat diesen typischen Gesichtsausdruck von Menschen, die spüren, dass ihnen gleich das Herz in der Brust zerspringt.«

Beinahe hätte ich ihm lautstark widersprochen, aber ich biss mir rechtzeitig auf die Zunge; irgendetwas hatte mich veranlasst, zu den leeren Käfigen hinzusehen.

»Mein Gott«, flüsterte ich. »die Weltfestspiele der Jugend und Studenten sind nicht mehr da.«

Ich wandte mich wieder Krummnow zu, starrte ihn entgeistert an und deutete auf das Vogelbauer.

»Irgendwer hat die alte Zeitung da herausgenommen. Sieht ganz so aus, als sammle er Erinnerungsstücke ein. Ich bin mir sicher, dass man auch ein paar Fahrradschlauchflicken und Django Reinhardts abgeschnittenen Kopf bei ihm findet.«

»Django wessen Kopf?«

Widerwillig trat Krummnow näher und warf einen Blick in die Käfige.

»Finden Sie die Zeitung, und Sie haben ihn.«

»Nichts leichter als das«, stöhnte Krummnow.

An einem blinden Spiegel im Flur vorüber führte er mich hinunter. Am Fuß der Treppe hing im staubbedeckten Fenster das Schild: ALLES MUSS RAUS. Unwillkürlich streckte ich den Arm aus und zog das Schild aus seinem abblätternden Klebestreifenrahmen. Krummnow sah mir dabei zu.

»Kann ich das behalten?«

»Meinetwegen«, erwiderte Krummnow.

Ich faltete es zusammen und steckte es in die Tasche.

Der Gerichtsmediziner trat ein. Er verströmte einen stechenden Geruch.

Regen hatte eingesetzt, als Krummnows Wagen uns von dem Haus mit der Zoohandlung fortbrachte und auch fort von meiner Pension, fort von Telefonen, die zur falschen Zeit klingelten, fort vom grauen Strom, vom leeren Strand und der Erinnerung an ertrunkene Surfer. Die Scheibenwischer rutschten nach links, machten kehrt, rutschten nach rechts, hielten inne und quietschten zurück. Ich blickte starr geradeaus.

Als wir in seinem Bungalow standen, sah Krummnow mich lange an. Dann schenkte er mir einen Weinbrand ein und deutete mit dem Kopf zum Telefon hinüber.

»Haben Sie genügend Geld für ein Ferngespräch nach Kanada?«

Ich schüttelte den Kopf.

»Hier brauchen Sie keins. Reden Sie mit Ihrer Freundin. Ich hab im Gewächshaus zu tun.«

Leise schloss er die Tür hinter sich.

Ich rief sofort in Toronto an.

»Kat!«

»Wer ist dort?«

»Ich bin's, Dan!«

»Du klingst so leise, so unendlich weit entfernt.«

»Ich bin weit weg.«

»Dir geht es gut, Gott sei Dank.«

»Wie kommst du darauf, dass es mir gutgeht?«

»Ich hab's geträumt letzte Nacht und bin davon wach geworden.«

»Um welche Zeit war das, Kat?«

»Keine Ahnung, vielleicht so gegen sechs. Warum?«

»Ich hab's gewusst.«

»Was ist mit dir?«

»Nichts. Ich konnte auch nicht schlafen letzte Nacht. Wie ist Toronto?«

»Eiskalt und unglaublich lebendig.«

»Kalt ist es hier auch.«

»Wie?«

»Schon gut. Es ist schrecklich schön, deine Stimme zu hören. Sag was.«

Sie sagte etwas.

»Sag noch was!«

»Warum schreist du so, Daniel?«

»Ich weiß nicht. Wann fragst du mich endlich, ob wir zusammenziehn wollen?«

»Ach Dan«, erwiderte sie bestürzt.

»Also, wann? Ich geh mit dir, wohin du willst.«

»Ganz gewiss tust du das.«

»In vier Wochen bist du wieder zu Hause, und ich leg jedes Gelöbnis ab, das du verlangst.«

»In vier Wochen. In vier Jahren …«

»Warum müssen eigentlich immer wir Männer den ersten Schritt machen?«

»Weil Frauen euch dazu bringen, den Schritt zu machen, den ihr für den ersten haltet.«

»Heißt das, du bist einverstanden?«

Ich dachte an die vergangene Nacht, die Tür, das Ding, das daran hing und später am Boden gekauert hatte.

»Bitte, komm so schnell wie möglich zurück!«

»Weißt du überhaupt noch, wie ich aussehe?«

»Soll das ein Witz sein?«

»Vor einer Stunde ist mir nämlich etwas Schreckliches passiert, ich konnte mich tatsächlich nicht mehr an dein Gesicht erinnern, hab plötzlich nicht mehr gewusst, welche Farbe deine Augen haben und mich geärgert, dass ich kein Foto von dir hab. Es war alles wie weggewischt.«

Ich erzählte ihr nicht, dass ich gerade am Tag zuvor die Farbe ihrer Augen vergessen hatte und wie mich das erschüttert hatte, und dass es für mich wie sterben gewesen war, nur dass ich mir noch nicht klar darüber war, wen es zuerst erwischt, sie oder mich.

»Hilft dir meine Stimme?«, fragte ich stattdessen.

»Sehr.«

»Kannst du meine Augen sehen?«

»Ja, ganz deutlich.«

»Soll ich dir trotzdem ein Foto von mir schicken? Ich bin mir nicht sicher, ob ich weiterhin mit der Angst leben kann, dass du mich vielleicht vergessen wirst.«

»Schick's mir.«

»Ich hätte dich nicht allein in dieses fremde, kalte Land fahren lassen dürfen, Liebste.«

»Ich glaub, ich kann ganz gut auf mich aufpassen, falls du das meinen solltest.«

»Kann Liebe einen Menschen beschützen, Kat?«

»Sag's mir.«

»Wenn nicht Liebe, was dann? Woran sollte man wohl sonst noch glauben?«

»Ich glaub an dich, Dan, und solange wir miteinander reden, spürst du das hoffentlich und dir geht's gut.«

»Ja, mir geht's wirklich schon wieder bestens. Das liegt an dir. Mir ging's nämlich wirklich schlecht heut. Hab wohl was Falsches gegessen. Aber jetzt scheint alles wieder in Ordnung zu sein.«

»Wenn ich zurück bin, werd ich für dich kochen, versprochen.«

»Ohne Fleisch?«, fragte ich ängstlich.

»Dahin kommst du auch noch, glaub mir.«

»Willst du mich etwa erziehen?«

»Klar, weil ich auf keinen Fall auflegen möchte. Weil ich möchte, dass das ewig so weitergeht, und weil ich weiß, es kostet dich ein Vermögen. Sag mir noch ein paar von den Dingen, die ich so gern hör.«

Ich tat es.

Und dann war sie weg, nur noch ein Brummen in der Leitung, und ich saß da am anderen Ende, zehntausend Kilometer weit entfernt, allein mit einem unermesslichen gespenstischen Raunen, dessen Echo sich unaufhaltsam auf mich zubewegte. Ich schnitt es ab, bevor es in meinen Kopf dringen konnte.

Ich öffnete die Tür und blickte in die Küche, wo Krummnow etwas ratlos in den Kühlschrank starrte.

»Sie sehen mich so überrascht an, als hätten Sie vergessen, dass ich hier wohne.«

Ich nahm entgegen, was er an Resten aus dem Kühlschrank hervorkramte und mir reichte. Dabei lief mir in einem fort die Nase.

»Da liegen Taschentücher«, sagte Krummnow, »nehmen Sie am Besten gleich die ganze Packung, und erzählen Sie mir, wer noch alles auf Ihrer Liste steht.«

»Auf unserer Liste«, entgegnete ich.

Er kniff die Augen zusammen und strich sich langsam durch das schüttere Haar.

»Die, die als Nächste dran glauben müssen, in der Reihenfolge ihrer Hinrichtung, bitte. Und wenn Sie schon dabei sind, schreiben Sie mir gleich noch den Namen des Mörders dazu.«

»Es wird jemand sein, der hier in Niewetow jeden kennt«, erwiderte ich unbeirrt.

»Einer wie ich zum Beispiel.«

»Sagen Sie so was nicht! Es macht mir Angst.«

15

»Wer?«

»Hier ist Daniel, Frau Kapell. Der Freund von Fanny.«

»Sie wolln ihn sprechen.«

»Ja, wenn's Ihnen nichts ausmacht.«

»Ich glaub, er ist gerade oben auf dem Balkon.«

Nicht weit entfernt von der Küste, dort, wo der Nebel sich lichtete, noch nahe genug der Brandung, die Besucher anspülte, lag das alte heruntergekommene Mietshaus, in dem Fannys Blues erklang wie Gesang von Sirenen.

»Sagen Sie ihm, dass ich endlich das 52er Konzert in L. A. von Mulligan und Baker aufgetrieben hab.«

Sie gab es weiter.

»Sagen Sie ihm, dass ich mich mit ihm freue und es gerne bei ihm hören würde.«

Fannys Stimme trieb durch die Luft:

»Sagen Sie ihm, er soll kommen, aber er soll niemanden mitbringen!«

Hatte ich das jemals getan, fragte ich mich? Wen, meinte er, könnte ich als ungeladenen Gast mitbringen? Unwillkürlich musste ich an den Bademantel vor der Badezimmertür denken. Mein Gott, Fanny, flehte ich, bitte, bitte nicht du auch noch!

Ich schrie so laut in den Hörer, dass Fanny es mühelos auch auf dem Dach hätte hören können.

»Sagen Sie ihm, ich komme allein, Frau Kapell. Allein! Aber ich muss erst Geld holen!«

Ich rannte zur Bank. Tatsächlich hatte mir die Zeitung die letzte Rate meines Honorarvorschusses für »Die verkaufte Armee« überwiesen. Beim Abheben plagten mich in Gedanken an meine verwaiste Schreibmaschine leichte Gewissensbisse.

Das Haus, in dem Fanny wohnte, war ein Asyl für gestrandete Existenzen. Ein letzter Luftzug durch die Ritzen einen untergehenden Reiches hatte sie einst an diese Küste geweht, und nach der Auflösung alter Verwaltungsstrukturen hatten sie, anstatt heimzukehren, in den Ruinen der alten Universitätsstadt versucht, sich in neue Leben hineinzufinden. Als Ausgangsbasis ihrer Streifzüge durch Sundhafen und Umgebung diente ein alter Dreigeschosser in Bahnhofsnähe, der einst ein Schwesternwohnheim beherbergt hatte.

So unansehnlich grau der Wohnblock von außen wirkte, so bunt zusammengewürfelt war, wie gesagt, die Besatzung, organisiert einzig durch die vergleichsweise niedrigen Mietkosten, die Folge der immer noch ungeklärten Besitzverhältnisse des Hauses waren, das aus kommunalem Eigentum an eine Verwaltungsgesellschaft gefallen war, die bislang vergeblich nach einem Käufer Ausschau hielt. Da niemand in den Erhalt der Bausubstanz investierte, hatte es die letzten Jahre kaum Anlass zu Mieterhöhungen gegeben, wohl aber zu Mietminderungen der einzelnen Bewohner aufgrund unbehobener Mängel. Seit Monaten hatte sich deshalb keiner von der Hausverwaltung hierher gewagt, die einzige, die sich für die Hausordnung verantwortlich fühlte, war Frau Kapell aus dem ersten Stock, unter anderem wohl, weil sie zugleich die einzige im Haus war, die über einen Telefonanschluss verfügte.

Im Erdgeschoss lebten ungefähr ein Dutzend Vietnamesen, wie viele genau, wusste niemand, ebenso wenig, wer von ihnen nach Erlöschen ihrer Vertragsarbeiterverträge mit dem untergegangenen Staat eine Aufenthaltsgenehmigung besaß; außerdem wohnte dort ein Herr aus Polen und sechs junge Mosambikaner. Im ersten Stock gab es außer Frau Kapell und einem blinden Kubaner ein paar Tschetschenen, einen Nachtwächter aus Bulgarien, zwei Autohändler aus Litauen und noch mehr Vietnamesen.

Der zweite Stock bestand vor allem aus Fanny mit seinen fünf Zentnern; außer ihm wohnten hier noch zwei

Schwestern aus Rumänien, ein russischer Juwelenhändler und drei Kasachinnen, die, wie man sich erzählte, ihre Gunst zu einem bescheidenen Preis an jeden Vagabunden verkauften, der nach Liebe lechzend spätabends zu ihnen hochgestolpert kam. Die obere Etage unterm löchrigen Dach war weitgehend unbewohnbar durch Wasserschäden. Trotzdem fand der ein oder andere Nomade den Sommer über dort oben eine trockene Ecke für die Nacht.

Ich stand gern bei Einbruch der Dunkelheit vor diesem Haus, lauschte der Musik und den Stimmen, die aus den verschiedenen Fenstern drangen, sog die Küchengerüche und das Gelächter ein und traf auf seine Bewohner.

Die Anwesenheit der meisten Menschen ist für uns nicht mehr als das Zuschlagen einer Tür oder ein nächtliches Husten irgendwo in einem Hausflur oder draußen auf der dunklen Straße, man sieht aus dem Fenster und die Straße ist leer; der gehustet hat, ist bereits verschwunden. Manche Menschen werden fünfundsechzig, siebzig Jahre alt, aber weil niemand jemals von ihnen Notiz nimmt, geht ihr Leben vorüber wie das einer Maus und verläuft beinahe unsichtbar. Dieses Haus beherbergte einige solcher überhaupt nicht oder kaum sichtbarer Gestalten, Menschen, die hier lebten und die eigentlich doch nicht existierten.

Zum Beispiel Tony und Sergej und Punkerpit, und dann Carlos, der blinde Kubaner, ein außergewöhnlicher Typ, so dunkel wie die Flure, durch die er stolz dahinschritt.

Tony hieß eigentlich Anton und war aus Polen eingewandert, arbeitete gelegentlich für eine Abrissfirma, bettelte sich ansonsten ein paar Kröten zusammen, kaufte sich billigen Wein in Tetrapaks und verschwand tagelang von der Bildfläche. Dann war er wieder da, wie ein Toter dem Grab entstiegen, kehrte zurück auf irgendeine Baustelle, bettelte wieder und versank im Wein, den er in einem fleckigen Leinenbeutel mit sich herumschleppte. Sein

Deutsch war schlecht und sein Englisch noch schlechter, denn es war immer mit Rebengold getränkt. Niemand verstand, was er sagte, niemanden interessierte es. Er schlief im Heizungskeller, wo es warm war.

Sergej verstand man ebenso schlecht. Bei ihm lag es nicht am Wein, sondern daran, dass ihm jemand das Gebiss gestohlen hatte. Seine Zähne waren ihm abhanden gekommen, als er unvorsichtigerweise eines Nachts in der Bahnhofsmission untergekrochen war. Sie wurden ihm aus einem Plastikbecher gestohlen, den er direkt neben sein Kopfkissen gestellt hatte. Als er aufwachte, war sein breites, weißes Grinsen endgültig dahin. Sergej kam zahnlos, aber von Korn beschwingt in das Mietshaus zurück, deutete auf sein rosiges Zahnfleisch und lachte. Der Verlust seiner Zähne zusammen mit seinem slawischen Akzent machte es unmöglich, ihn zu verstehen. Er legte sich nachts um drei in eine ausrangierte Badewanne schlafen, erledigte seitdem irgendwelche kleinen Arbeiten, die anfielen, und lachte viel und über nichts Bestimmtes.

Punkerpit war eine Einmannband. Er wohnte mit seinen Hunden auf dem Dachboden oder neben den Heizungsrohren im Keller. Man sah ihn auf dem Bahnhofsvorplatz oder in einer Fußgängerzone mit einer Mundharmonika um den Hals Gitarre spielen, während er mit dem Fuß ein Tamburin bediente, umtobt von seinen Hunden. Und wenn die Passanten ihm Münzen hinwarfen, ließ er die Hunde tanzen. Er war ein winziger, hagerer Mann mit grün gefärbten Haaren und Wimperntusche um die großen, wahnsinnig dreinblickenden Augen, mit Glöckchen an Knöcheln und Manschetten. Er sprach nicht mit den Leuten, er sang sie an. An der Tür zu seiner Kammer hing ein Schild: Manager, und der Raum dahinter war erfüllt vom Scharren und Jaulen und Bellen verzogener Hunde und manchmal von den unartikulierten Wutausbrüchen ihres Herrn.

Carlos, der blinde Schwarze, war jemand ganz Besonderes, nicht nur, weil er klar und deutlich deutsch sprach, sondern weil er sich ohne Stock und Führung traumwandlerisch sicher durch die Gegend bewegte.

Er erwartete mich, als ich in den Hausflur trat, er lehnte im Dunkeln an der Wand, und nur das Weiß seiner Augen leuchtete furchterregend.

Ich machte, da das Treppenhauslicht nicht funktionierte, einen Satz zur Seite und japste nach Luft.

»Carlos, bist du's?«

»Hab dir'n Schreck eingejagt, wie? Pfefferminzkaugummi. Daran erkenne ich dich. «

Er lächelte, dann schien ihm wieder einzufallen, warum er dort stand.

»Hab auf dich gewartet«, sagte er, senkte dabei die Stimme und sah sich um, als könnte er einen Schatten vom anderen unterscheiden.

»Stimmt was nicht, Carlos?«

»Ich weiß nicht. Etwas ist anders. Nichts scheint mehr, wie es war. Alle sind nervös, sogar ich.«

Ich sah, wie seine Hand hinabtastete zu einem schräg gestreiften Stock, ihn ergriff und zwischen den Fingern drehte. Ich hatte ihn nie zuvor mit einem Stock gesehen. Mein Blick glitt hinab zur Spitze, die aus gehärtetem Metall zu bestehen schien. Das war kein Blindenstock, das war eine Waffe.

»Carlos?«, flüsterte ich.

Wir standen einen Augenblick lang da, und ich musterte ihn von oben bis unten, betrachtete ihn plötzlich wie zum allerersten Mal, den blinden Carlos, der alles in seinem Gedächtnis gespeichert hatte. Sein Ehrgeiz hatte ihn jeden Schritt in diesem Block und im nächsten zählen lassen, und er wusste genau, wie viele Schritte er brauchte, um diese oder jene Kreuzung zu umgehen. Er erkannte mit absoluter Sicherheit, in welcher Straße er sich gerade befand, erspürte es an der Luft, an dem Duft einer Bäckerei oder einer Drogerie, dem Geruch eines Schuhgeschäfts oder dem Rauch aus dem Spielsalon. Und wenn die Läden geschlossen waren, orientierte er sich an den fehlenden Gerüchen.

Carlos ging dahin, die Augen starr geradeaus gerichtet, ohne dunkle Brille oder Stock, zählte mit seinen Lippen stumm die Schritte und betrat dann Alberts Bierstube, wo er ruhig und unbeirrt zwischen den vollbesetzten Tischen hindurch auf einen leeren Klavierschemel zusteuerte, sich auf ihm niederließ und nach einem Bier griff, das der Wirt unaufgefordert dort hingestellt hatte, als er eintrat. Dann spielte er genau drei Nummern, darunter »Begin The Beguine«, so gut, dass er sich nicht vor Art Tatum zu verstecken brauchte, trank sein Bier und schritt hinaus in die Nacht, die er mit seinen abgezählten Schritten in Besitz nahm, wandte sich nach Hause, rief unsichtbaren Stimmen etwas zu, rief sie bei ihrem Namen, voller Stolz auf sein blindes Genie, und nur die Nase schien ihm den Weg zu weisen, den er auf seinen von täglichen zehn Kilometern trainierten Beinen zurücklegte.

Wenn man ihm über die Straße helfen wollte, was ich dummerweise einmal versucht hatte, zog er den Ellenbogen weg und starrte einen so wütend an, dass man einen hochroten Kopf bekam.

»Lass das«, flüsterte er, »das bringt mich nur durcheinander. Jetzt weiß ich nicht mehr, wo ich war.«

Er legte den Kopf in den Nacken und bewegte die Lippen wie in einem stummen Gebet.

»Ja, also, fünfunddreißig geradeaus, denn siebenunddreißig nach links.«

Und dann zog er los, unaufhaltsam, ließ einen an der Bordsteinkante stehen, und ein unsichtbarer Stock schlug ihm den Takt auf seinem Marsch.

Das war Carlos ohne Nachnamen, der blinde Carlos, der den Wind hörte, die Risse im Straßenpflaster kannte und den Staub des nächtlichen Mietshauses in der Nase kribbeln spürte oder einen Schweißgeruch im Flur, der nicht dorthin gehörte.

Und da stand er nun, gepresst gegen den rissigen Putz des Hausflures, in dem dieselbe Nacht herrschte wie draußen auf der Straße. Immer wieder schloss er zitternd die Augen, blähte die Nasenflügel und schien ein wenig in die Knie zu gehen, als hätte ihm jemand auf den Kopf geschlagen. Er horchte, lauschte so angestrengt, dass ich mich umwandte und den Flur entlang zur Rückseite des Hauses starrte, wo eine Tür weit offenstand, hinter der noch mehr Finsternis zu warten schien.

»Was ist los, Carlos?«, fragte ich.

»Versprich mir, dass du Fanny nichts sagst! Er regt sich nur auf, wenn man ihm sowas erzählt. Versprichst du's?«

»Ich möchte auch nicht, dass er sich aufregt, Carlos.«

»Is 'ne Menge passiert hier. Pit und seine Hunde. Du kennst seine Hunde?«

»Was ist mit Pit?«

»Jemand hat ihn verpfiffen bei der Polizei. Erregung öffentlichen Ärgernisses, haben sie gesagt. Die Polizei ist gekommen, hat seine Hunde mitgenommen und ihn auch. Wie sie ihn rausgebracht haben, hat er geweint. So hab ich noch nie jemanden weinen hören. Es war schrecklich.«

»Wer hat ihn verpfiffen?«

Ich sah Pit vor mir mit seinen Hunden, die ihn über alles liebten, sah sie tanzen auf dem Bahnhofsvorplatz und ihn dazu die Gitarre schlagen. »Weißt du, wer ihn angezeigt hat?«

»Das weiß keiner. Die Bullen sind einfach gekommen und haben gesagt: ›Raus hier!‹ Und jetzt haben sie ihn weggesperrt, weil er ein öffentliches Ärgernis ist. Keiner weiß, wer's war. Aber irgendjemand muss es gewesen sein. Und ...«

»Was noch?«, fragte ich, an die Wand zurückweichend,

»Tony.«

»Was ist mit Tony?«

»Er liegt im Krankenhaus. Jemand hat ihm zwei Flaschen Schnaps spendiert. Und der verdammte Idiot hat sie allein ausgesoffen. Alkoholvergiftung. Keine Ahnung, ob er das überlebt. Niemand weiß, wer ihm den Fusel gegeben hat. Aber noch schlimmer ist, was mit Sergej passiert ist.«

Ich setzte mich auf die Treppe, die zum ersten Stock hinaufführte.

»Du weißt, dass Sergej manchmal in der alten Badewanne unten im Kellergang übernachtet hat? Also irgend so ein Spaßvogel hat einen Gartenschlauch genommen und die Wanne randvoll mit Wasser gefüllt. Vergangene Nacht nun war Sergej blau, ist in die Wanne geklettert, muss den Halt verloren haben und ist drin ersoffen.«

»Ersoffen?«

»Einfach ersoffen. Wahnsinn, oder?«

Carlos' Stimme bebte.

»Pit weggesperrt, seine Hunde wer weiß wo, Tony auf der Intensivstation und Sergej ersoffen. Sieh dir mein Taschentuch an, da, ganz nass vor lauter Heulen. Mir geht's wirklich nicht besonders, glaub mir, Dan.«

»Und du meinst wirklich, Fanny hat von alldem noch nichts mitbekommen?«

Carlos streckte die Hand aus und legte sie mir, geleitet von meiner Stimme, auf die Schulter.

»Ja, das glaube ich. Geh jetzt hoch. Und sei fröhlich. Fanny zuliebe.«

Ich pochte an Fannys Tür.

»Bist du's, Dan?«, hörte ich ihn rufen.

Dann wurde die Tür aufgerissen, und eh ich seine Wohnung betreten hatte, war Fanny schon wieder zurück auf seinen Platz neben dem Plattenschrank gerollt.

»Stimmt was nicht?«, fragte er.

»Wie?«

Ich wandte mich um und sah auf die Klinke, die ich immer noch hielt.

»Schließt du eigentlich nie ab?«

»Wer sollte diese Bastion schon erstürmen wollen?«

Er lachte nicht, er schien auf der Hut zu sein.

Ich schloss die Tür und sank in den Sessel. Ich schwitzte.

»Ist noch jemand gestorben?«, fragte Fanny.

»Wer sollte denn gestorben sein?«, stotterte ich.

»Du siehst aus, als kämst du gerade von einer Beerdigung.«

Er versuchte, ein aufmunterndes Lächeln aufzusetzen.

»Carlos hat mich etwas erschreckt, gerade eben unten im Flur, weiter nichts. Du kennst ihn ja. Man betritt das Haus, und er tappt irgendwo da unten im Dunkeln rum.«

»Du bist ein miserabler Lügner«, entgegnete Fanny. »Ich hab's geahnt. Dieser schreckliche alte Mann im Bauwagen, der Tote, oder? Schlimm, dass es dich so fertigmacht.«

»Wenn's nach ihm gegangen wär, hätt er statt der Fische weiterhin im Fahrradladen seine Kumpane angeschwiegen.«

»Legst du mal die Platte auf? Chet Baker ist genau das, was ich jetzt brauche.«

»Ja, Fanny.«

Ich legte die Nadel auf die Platte, und ein vielversprechendes Knistern erklang.

»Siehst wirklich aus, als könntest du etwas Aufmunterung gebrauchen«, sagte Fanny.

16

Ein leises Kratzen kam von der Tür.

»Das ist Carlos«, sagte Fanny. »Er klopft nie an.«

Ich ging zur Tür, doch bevor ich sie erreichte, rief Carlos' Stimme draußen: »Ich bin's nur.«

Ich öffnete und Carlos schniefte: »Da ist ein Auto, das dich abholen will.«

»Was?«

»Ein alter Volvo, gebaut in den frühen Siebzigern, würd ich schätzen.«

»Hast du eine Verabredung?«, fragte Fanny. Seine Wangen glühten vom Whisky und seine Augen leuchteten. Wir hatten zwei herrliche Stunden mit Chet Baker, Garry Mulligan und anderen unserer coolen Heroen verbracht, und selbst die Luft um den Impresario strahlte. »Na?«

»Ja, seit wann …«, begann ich und brach ab, weil Carlos draußen im Flur den Kopf schüttelte und vorsichtig den Finger an die Lippen legte.

»Ein Freund von dir«, sagte er. »Aus Niewetow, behauptet er?«

»Wenn du es sagst«, erwiderte ich düster.

Ich verabschiedete mich von Fanny.

»Schließ bitte die Tür ab«, sagte ich im Gehen.

»Mach's gut«, rief er.

Als ich am Eingang ankam, stand Carlos noch immer stumm im Dunkeln, kaum zu sehen vor der Wand.

»Was machst du da?«

»Ich horche.«

»Was willst du denn hören?«

»Pst!«

Er hob seinen Stock und streckte ihn wie einen Fühler den Flur entlang.

»Da! Hörst du?«

In der Ferne fuhr ein Auto vorüber, ein Balken knarrte, eine Tür quietschte.

»Ich höre nichts.«

»Weil du dich krampfhaft bemühst. Bleib locker! Sperr einfach die Ohren auf! Da!«

Ich horchte. Ich spürte, wie mir ein kalter Schauer über den Rücken lief.

»Da ist jemand«, flüsterte Carlos. »Einer, der hier nicht hingehört. Ich täusche mich nicht. Da oben schleicht jemand umher und führt nichts Gutes im Schilde.«

»Unmöglich, Carlos.«

»Doch«, flüsterte er. »Lass dir das von einem Blinden sagen, da ist ein Fremder, ich weiß das. Wenn du nicht auf mich hörst, wirst du die Treppe herunterfallen, oder …«

In einer Badewanne ertrinken, dachte ich, sagte aber stattdessen: »Willst du die ganze Nacht hier stehen bleiben?«

»Einer muss es schließlich tun.«

Ausgerechnet ein Blinder, dachte ich.

Er schien meinen Gedanken zu erraten und nickte.

»Wer, wenn nicht der gute alte Carlos.«

Vor dem Haus wartete eine alte Karosse, tatsächlich ein Volvo, und er kam mir bekannt vor.

»Normalerweise kommt der nicht deinetwegen«, bemerkte Carlos.

Ich trat hinaus, von einer Nacht in die nächste, und ging ganz langsam um das Auto herum. Es war tatsächlich der Wagen von Heide Waldschmidt.

Die Fondtür stand offen. Der Chauffeur saß am Steuer, den Lederhut tief in die Stirn gezogen, und blickte ungerührt geradeaus. Er winkte mir ungeduldig, einzusteigen. Ich hatte kaum die Polster berührt, da löste sich der Wagen von der Bordsteinkante und glitt im Bogen davon. Die Tür knallte hinter mir zu, und als wir den Häuserblock hinter uns ließen, zeigte die Tachonadel bereits auf die Achtzig. Wenig später auf der Landstraße hatten wir bereits hundertzwanzig erreicht, und als wir die neue Hängebrücke am anderen Ende der Insel überquerten, fürchtete ich, wir würden demnächst abheben.

Ich saß in den Rücksitz gesunken, ahnte zwar, wo es hinging, fragte mich aber, womit ich das verdient hatte. Ich erinnerte mich an Abende, als ich Fanny besucht und kurz vorher den alten rostroten Volvo hatte davonfahren sehen. Heide Waldschmidt war vor mir dagewesen, aber wir waren uns nie begegnet.

Es war kurz vor Mitternacht, als wir hinter dem zweigeschossigen roten Bungalow einbogen und die Karosse mit einem Ruck, der mich gegen den Beifahrersitz schleuderte, zum Stehen kam. Die Fahrertür knallte zu und der Chauffeur, aus dessen Innerem nach dieser wortlosen Fahrt endlich so etwas wie ein Knurren aufstieg, schlurfte durch die Seitentür in den Bungalow. Er blieb verschwunden. Volle fünf Minuten wartete ich darauf, dass etwas passierte. Endlich schlüpfte ich wie ein Dieb aus dem Fond des Wagens und war im Begriff, mich davonzustehlen, als im Haus jemand Licht machte und dann auch die Beleuchtung an der Vordertür anging. Ich betrat durch die Gartenpforte das Grundstück. Durch die offene Haustür fiel jetzt ein schmaler Streifen Licht in den Garten. Vorsichtig trat ich in den Korridor und ging an einem überladenen Garderobenständer und einem überquellenden Schuhschrank vorüber in eine spärlich beleuchtete Diele. Auf einem schweren dunklen Tisch standen eine Flasche Bier und zwei Tulpen, irgendwo erklang ein Klavierkonzert.

»Trinken Sie ruhig. Ich bin gleich bei Ihnen«, hörte ich eine Stimme, die eindeutig Heide Waldschmidt gehörte. Augenblicklich schoss mir das Blut ins Gesicht, und mit weichen Knien sank ich überwältigt in den nächststehenden Polstersessel.

17

Ich spürte, dass da jemand in meinem Rücken war, direkt an der Tür, von wo die Musik kam, und wusste, ohne dass sie etwas sagte, dass sie dort stand. Ich drehte mich um und sah sie in einem schwarzen Badeanzug, etwa einen Meter achtzig groß, unglaublich blass am ganzen Körper, nur die Wangen leicht gerötet. Ihr kurzgeschnittenes Haar war unbestimmbar blond-rot-braun und völlig zerzaust, als habe sie versucht, es zu bändigen, um ihm dann doch seinen Willen zu lassen. Ihr Körper war kräftig, gepflegt und geschmeidig. Sie kam barfuß auf mich zu, blieb dann stehen und sah mich mit großen Augen an.

»Sind Sie ein guter Schwimmer?«

»Geht so.«

»Jeder Mann, den ich zu mir einlade, muss es in zwanzig Minuten bis zur zweiten Boje und zurück schaffen.«

»Dann sollte ich wohl besser wieder gehen«, entgegnete ich.

»Heide Waldschmidt.«

Sie packte meine Hand und drückte fest zu.

»Ich weiß.«

Sie trat einen Schritt zurück, musterte mich von oben bis unten.

»Sie sind also der, der gern Pfefferminzkaugummis kaut und verrückt ist nach Miles' Trompete.«

»Das können Sie nur von Carlos oder Fanny haben«, stellte ich fest.

»Warten Sie einen Moment. Wenn ich jetzt nicht kurz ins Wasser springe, schlaf ich Ihnen hier noch ein.«

Ehe ich etwas erwidern konnte, stürzte sie durch die Terrassentür hinaus und lief durch den Garten in Richtung Strand.

Ich warf einen Blick auf meine Uhr: Seit zehn Minuten war Mitternacht vorüber. Ich verteilte das Bier auf die Gläser und setzte mich vor die Terrassentür, um auf sie zu warten.

»Oh ja«, rief sie, als sie angerannt kam und sich in der Diele wie ein Hund das Wasser vom Körper schüttelte. Sie griff nach ihrem Glas und stürzte das Bier in einem Zug hinunter.

»Um welche Zeit gehen Sie schlafen?«

»Meist bei Sonnenaufgang, wie alle Vampire. Tagsüber ist mit mir nichts anzufangen. Was starren Sie mich so an?«

»Ich versuche, Sie mit dem Bild in Übereinstimmung zu bringen, das ich mir vor Jahren von Ihnen gemacht hab. Und nun sehe ich Anna-Maria Lohse in der Rolle einer Actionheldin.«

»Arme Mary, hat auch nicht rechtzeitig den Absprung geschafft. Hofft immer noch auf die große internationale Karriere, anstatt endlich die Mutterrollen anzunehmen, die man ihr im Fernsehn anbietet. Ich sehne mich nur noch danach, mich irgendwo zu verkriechen, angesichts Knie tätschelnder Produzenten, perverser Regisseure und dämlicher Drehbuchschreiber. Ich hörte, Sie schreiben auch?«

»Ja, aber Reportagen.«

»Hörn Sie auf meinen Rat und lassen Sie die Finger vom Filmgeschäft. Das verdirbt Stil und Charakter. Ich hab schon vor Jahren damit aufgehört, Drehbücher zu lesen. Zu einer Filmpremiere geh ich höchstens noch einmal im Jahr; alle acht Wochen, wenn's hochkommt, verabrede ich mich mit einem Freund zum Essen, dann verkrieche ich mich wieder. Fanny seh ich etwa einmal im Monat, meist um diese Tageszeit. Er ist genauso eine Nachteule wie ich.«

Sie schlürfte den letzten Tropfen Bier aus ihrem Glas und trocknete sich mit einen Badetuch ab, dessen weinrote Farbe ihren blassen Teint besonders betonte. Dann legte sie es über die Schulter und schaute mich an. Ich nahm mir Zeit, sie von oben bis unten zu betrachten, Heide Waldschmidt, die die Diva meiner Kindheit war und doch nicht war. Auf der Leinwand schwebte sie dahin, ein riesiger männerbetörender Vamp mit rotblondem Haar, atemberaubend schön. Hier stand eine Athletin neben mir, flink, behände, kaum gealtert.

Ich blickte mich im Haus um, dessen Einrichtung die Patina der letzten Jahrzehnte nicht verbergen konnte. Sie schien meine Gedanken zu erraten.

»Mit der Zukunft ist es wie mit den Tränen, es gibt zu viel davon. Ich halte mich lieber an die Vergangenheit, darin bin ich richtig gut. Mit dem Heute und dem Morgen mag ich nichts zu tun haben. Ich kann mir kein besseres Leben vorstellen.«

Ich sah hinaus in den dunklen Garten, auf die Reihe der windzerzausten Kiefern, hinter denen das Meer leise vor sich hinrauschte. Mein Schweigen schien sie nervös zu machen, sie verschwand und kam mit einer Weinflasche und zwei Gläsern zurück.

Sie schenkte ein und murmelte: »Nur zu! Trinken Sie! Ich …«

Als sie mir das Glas reichte, musste ich unwillkürlich lachen.

»Hab ich irgendwas verpasst?«, fragte sie und zog die Hand mit dem Weinglas etwas zurück. »Was gibt's denn so Lustiges?«

»Sie sind der Chauffeur«, stieß ich hervor. Ich deutete hinaus in Richtung des Wagens und wieder auf sie, während wir hinüber ins Zimmer gingen. Sie schloss sich meiner Heiterkeit an, warf den Kopf zurück und stieß einen hysterischen Schrei aus.

»Mein Gott, du hast mich durchschaut. Und dabei dachte ich, ich wäre richtig gut gewesen.«

»Warst du auch. Du warst sagenhaft, Entschuldigung, Sie waren.«

»Heide.«

»Du hättest die Figur noch tagelang spielen können«, fuhr ich fort. »Es war nur eine winzige Kleinigkeit mit deinen Händen.«

Sie rannte aus dem Zimmer und kam mit dem Hut des Chauffeurs auf dem Kopf wieder herein. Ihre Wangen leuchteten rosig, und ihre Augen funkelten.

Sie füllte mein Glas noch einmal, warf die Mütze beiseite und sagte: »Das ist eins der Vergnügen, die mir geblieben sind. Seit Jahren keine Rollen mehr, also muss ich mir selbst welche erfinden. Manchmal gehe ich sogar als meine eigene Haushälterin einkaufen.«

Endlich hörten wir auf zu lachen. Ich sank in ein Sofa.

»Heißt das, du gehst manchmal auch bei Tag aus dem Haus?«

»Nur, wenn es gar nicht zu vermeiden ist.«

Heide nippte an ihrem Glas und fläzte sich in einen Sessel, der einem Kissenberg glich.

»Ich mag die Menschen hier nicht besonders, sie machen mich depressiv. Hab wohl zu viele komische Rollen mit mir herumgetragen. Jetzt ziehe ich es vor, mit mir selber zu spielen, irgendwie allein klarzukommen.«

»Und meine Rolle hier und heute?«

»Erstens bist du Fannys Freund. Und zweitens scheinst du ein netter Kerl zu sein. Ein heller Kopf, aber aufrichtig und ungefährlich. Das Leben scheint dich noch nicht verdorben zu haben. Hoffentlich bleibt das so! Und du siehst aus, als könnte man viel Spaß mit dir haben. Keine Angst, ich werd dich nicht ins Schlafzimmer zerren. Keine Gefahr!«

Ich wurde feuerrot.

»Du hast meine Frage nicht beantwortet. Was soll ich hier?«

Heide Waldschmidt setzte ihr Weinglas ab, beugte sich vor und sah mir in die Augen.

»Fanny hat Angst, schreckliche Angst. Und ich frage mich, ob du daran schuld bist.«

Für kurze Zeit war all das Schreckliche verschwunden gewesen, die Fahrt hierher hatte es weggeblasen. In diesem Haus zu sein, dieser Frau zuzusehen, wie sie mit dem Nachtwind im Haar aus dem Meer kam, und dann den Rotwein im Mund zu spüren, das hatte mich vorübergehend die letzten achtundvierzig Stunden vergessen lassen. Das Lachen dieser seltsamen Frau machte mich wieder so jung, wie ich wirklich war, neunundzwanzig, nicht neunzig, wie heute Morgen, als ich aufgestanden war.

»Bist du es, der Fanny Angst macht?«, fragte sie nochmals und sah mir eindringlich ins Gesicht. »Um Gottes willen«, besänftigte sie mich sogleich, »du guckst, als hätte ich dich soeben des Mordes bezichtigt.«

Sie nahm meine Hand und drückte sie.

»Weißt du, Fanny ist mir nämlich sehr ans Herz gewachsen.«

»Ich hab dich nie bei ihm getroffen.«

»Vielleicht hast du mich ja einfach nicht erkannt.«

Sie ließ meine Hand wieder los.

»Fanny und ich, wir kennen uns noch von der Schule in Schöneweide, ich hab damals Schauspiel studiert und er war ein Jahr in der Puppenspielklasse. Mein Gott, was waren wir jung! Den Rest kennst du ja, während sie mich für den Film entdeckt haben, wurde ihm von der Stasi übel mitgespielt, weil er ein paarmal zu oft zur falschen Zeit am falschen Ort war, wie er es ausdrückt. Inzwischen machen wir uns beide nichts mehr vor über die Realität des Lebens; wir wissen, dass wir nie mehr richtig daran teilhaben werden, und jeder hat seine Gründe. Für Fanny gab es nur den einen, den er nicht haben konnte, und ich hab zu viele zu flüchtig gekannt. Der Letzte war ein berühmter Regisseur, dem es beinahe gelungen wäre, mich aus meinem Refugium hervorzulocken. Das Rollenangebot klang wirklich so, als erinnerte er sich, was ich einst gespielt hab, und als hätte er vor, mich fünfzehn Jahre später dort wieder anknüpfen zu lassen. Die erste Drehbuchfassung lag vor, und seine Vorstellungen über die Gestaltung meines Charakters nahmen langsam sehr konkrete Formen an, bis zu dem Abend, als wir irgendwann an der Hotelbar einen letzten Drink bestellten und ich ihn danach noch einlud auf mein Zimmer. Er gefiel mir, er ist ein wenig jünger als ich, und ich glaube, wir bekamen im Bett dann beide, was wir wollten. Wir trafen uns dann ein paar Mal noch ganz unverbindlich auf ein paar Gläser Wein, und um miteinander zu schlafen. Von dem Filmprojekt war leider immer weniger die Rede und schließlich bekam eine Kollegin meinen Job. Er wollte mich mit einer Nebenrolle abspeisen. Ich lehnte ab. Ich hab ihn danach nicht mehr getroffen, obwohl er noch zwei, drei Mal angerufen hat. Man sollte Arbeit und Liebe sorgfältig trennen. Aber wem gelingt das schon, wir sind ja keine Maschinen …«

Sie hielt kurz inne.

»Mein Gott, ich rede und rede. Aber nochmal zu Fanny. Er ist eigentlich kein ängstlicher Typ. Immerhin wohnt er jetzt schon ein paar Jahre in dieser alten Wasserfalle und hält seine Tür für alles und jeden offen, aber irgendwas stimmt nicht mehr mit ihm. Ist dir wirklich nichts aufgefallen?«

»Gestern haben wir Musik gehört und viel gelacht. Er hat nichts erzählt.«

»Vielleicht wollte er den Grünschnabel, wie er dich manchmal nennt, einfach nicht beunruhigen? Hast du mal gesehen, wie das Fell eines Pferdes zuckt, wenn eine Fliege darauf landet? Auf Fanny landen jetzt ständig Fliegen, und er verzieht nur den Mund und lässt die Fleischberge beben, wenn ein seltsames Flüstern aus dem Kühlschrank dringt oder die Toilette die ganze Nacht nicht zu gurgeln aufhört.«

»Hast du mit Carlos darüber gesprochen?«, fragte ich.

»Carlos macht nur dunkle Andeutungen. Ich hatte gehofft, dass du mehr weißt.«

»Kann ich noch ein Glas Wein haben?«

Beim Einschenken blickte sie mich eindringlich an.

»Okay«, sagte sie. »Schieß los!«

»Es ist wirklich etwas im Gange. Aber ich weiß nicht, ob ich schon darüber reden sollte.«

»Wenn du glaubst, es ist Zeit, dann ist es vielleicht schon zu spät.«

Heide Waldschmidt sprang auf und lief im Zimmer auf und ab, blieb schließlich stehen und durchbohrte mich mit ihrem Blick.

»Ich hab es selbst satt, mich vor jedem Schatten zu fürchten. Wenn ich Genaueres weiß, ruf ich dich an.«

»Meinst du, ich sollte ihn für ein paar Tage mit hierher nehmen, um ihn zu beschützen?«

Ich sah mich im Zimmer um und schüttelte den Kopf.

»Das dort ist sein Nest. Ich hab versucht, ihn ins Kino zu schleppen, ins Theater, ins Konzert. Nichts zu machen. Er war seit Jahren nicht mehr auf der Straße. Ihn da rauszukriegen, aus seinem selbstgewählten Elefantenfriedhof …«

Sie seufzte und goss mir nach.

»Außerdem würde es auch nichts nützen, oder?«

Sie studierte mein Profil, während ich angestrengt dorthin sah, wo hinter den Kiefern die dunkle Brandung tobte und das von Sand und Meer geformte Gestein sich in ewigen Schlaf wiegte.

»Es ist immer schon zu spät, oder?«, fuhr Heide Waldschmidt fort. »Irgendwann ist der Zeitpunkt verpasst, wo man jemanden noch vor dem Allerschlimmsten hätte beschützen können, davor, dass ihn jemand umbringt, zum Beispiel.«

»Umbringt?«

»Du hast so ein grundehrliches Schafsgesicht, das einem einfach alles verrät. Wenn ich die Zukunft vorhersagen sollte, dann nie aus dem Kaffeesatz, sondern aus verschreckten Augen oder verkniffenen Lippen. Fanny hat Angst, und das macht mir Angst. Zum ersten Mal in all den Jahren stelle ich mir nachts beim Schwimmen vor, wie ich so weit hinausgezogen werde, dass ich es nicht mehr zurück an Land schaffe. Es macht mich wütend, dass man mir meine einzige Freude so verdirbt.«

Dann fügte sie rasch hinzu: »Aber das hat nichts mit dir zu tun, mein Lieber.«

Auf einmal klang sie wie Krummnow oder wie Fanny, der mich bat, niemanden mitzubringen.

»Also«, begann ich, »ich hab wirklich einige verrückte Wochen hinter mir, ich nehme jetzt Dinge wahr, die ich früher nie bemerkt hätte. Ich hab nie Todesanzeigen gelesen, jetzt tue ich es. Ist es dir schon mal passiert, dass einer deiner Freunde nach dem anderen durchgedreht oder verschwunden ist?«

»Mit fünfzig«, lachte Heide Waldschmidt ironisch, »geschieht einem das ständig. Ich bekomm's schon mit der Angst zu tun, wenn ich eine Treppe hinuntergehe, weil ein Freund von mir sich auf einer Treppe den Hals gebrochen hat. Beim Essen hab ich Angst, weil zwei Bekannte an einer Lebensmittelvergiftung gestorben sind. Baden im Meer? Drei gute Freunde ertrunken. Fliegen? Ein Kollege abgestürzt. Autos? Mindestens zehn tödlich verunglückt. Ach ja, beinahe hätt ich den Schnaps vergessen. Irgendwann hab ich aufgehört zu zählen, wie viele Freunde und Kollegen er auf dem Gewissen hat. Am besten, du fängst jetzt schon damit an, eine Liste zusammenzustellen. Dein ganz persönliches Buch der Toten sozusagen.«

Ich spürte einen kalten Luftzug vom Fenster her und hörte den Sand draußen knirschen, als legte ein riesiges unsichtbares Tier seine Pranke darauf.

»Ich hab Fanny keine Angst eingejagt«, sagte ich schließlich. »Ich bin doch kein Keimüberträger, der die Seuche mit sich herumschleppt. Wenn die Krankheit heute Abend irgendwo sein sollte, dann ohne mein Zutun. Seit Tagen fühl ich mich hundeelend. Leute sterben oder verschwinden, und nirgends ist ein Zusammenhang zu erkennen, ich kann nichts beweisen. Ich fühle mich schuldig, weil ich es nicht aufhalten kann. Wen immer ich jetzt treffe, sofort frag ich mich, ob er vielleicht das nächste Opfer ist, und mir ist völlig klar, dass früher oder später jeder stirbt, nur dass es diese Woche schneller zu gehen scheint.«

Sie rückte näher und legte ihren Finger auf die Lippen.

»Ich werd dich nicht mehr ärgern«, sagte sie dann. »Du bist zwar aus weichem Holz, aber du weißt dich zu wehren. Und jetzt, noch was zu trinken? Einen Film anschauen? Oder ein nächtliches Bad im Meer? Nichts von alldem?«

Ich zog den Kopf ein, um ihrem spöttischen Blick auszuweichen.

»Einen Film, bitte. Ich würde gern Heide Waldschmidt

in *Ruf der Kraniche* sehen. Als ich ihn das letzte Mal angeschaut hab, war ich vierzehn.«

»Du weißt schon, was du tun musst, um die Laune einer älteren Dame zu heben.«

Sie sprang aus den Polstern zum Fernsehapparat und begann, dahinter mit den Kabeln herumzufummeln. Sie riss einen Stapel Kassetten um und begann dann, die Stecker den entsprechenden Buchsen zuzuordnen.

»Ich werd mir dein Gesicht anschaun, während du mir zusiehst.«

Sie hantierte eifrig am Rekorder, und ich wandte mich um und ging hinaus auf die Terrasse und durch den Garten bis zu den Kiefern. Mein Blick wanderte von Süden, den Strand entlang, an Heide Waldschmidts Badestelle vorbei, nach Norden, bis …

Unten am Wasser sah ich reglos einen Mann stehen, oder etwas, das aussah wie ein Mann. Ob er der Brandung entstiegen war oder gerade in Begriff war hineinzugehen, konnte ich nicht erkennen, er schien jedenfalls nackt zu sein. Ich schnappte nach Luft und warf einen besorgten Blick zurück in Richtung Bungalow. Heide Waldschmidt schien immer noch mit dem Rekorder beschäftigt zu sein.

Eine Woge knallte wie ein Schuss auf den Strand. Ich blickte wieder hin. Der Mann stand noch da, in beinahe herausfordernder Haltung, die Arme locker herabhängend, den Kopf hoch erhoben und die Beine ganz leicht gespreizt.

Verschwinde, hätte ich am liebsten zu ihm hinübergeschrien. Was hast du hier verloren? Wir haben dir doch nichts getan!

Wirklich nichts? War mein nächster Gedanke.

Dann rollte hinter der Gestalt am Strand noch eine Welle heran, brach sich, fiel herab wie eine Reihe zersprungener Spiegel, erreichte den Mann und löschte ihn aus. Als die Welle sich wieder zurückzog, war er verschwunden, bewegte sich vielleicht den Strand entlang nach Norden, vorüber an den versunkenen Bauwagen im Kanal, an meinem Quartier mit dem Bettzeug, in das ich mich nachts einwickelte wie eine Mumie.

»Kann's losgehn?«, empfing mich Heide Waldschmidt von drinnen. »Komm rein, schau dir die alte Dame in jung an!«

»Du bist nicht alt«, entgegnete ich.

Sie rannte umher, knipste das Licht aus und schüttelte die Kissen auf, die mitten im Zimmer lagen.

»Was weißt du eigentlich über Frauen?«

»Nicht viel.«

»Wie viele hast du gehabt? Eine?«

Sie krähte, als ich nickte.

»Und wo ist die jetzt, in diesem Augenblick?«

»Am anderen Ende der Welt.«

»Wann kommt sie wieder?«

»Ich hoffe, in vier Wochen.«

»Fehlt sie dir sehr?«

»Ja.«

»Willst du sie anrufen, damit ihre Stimme dich vor dem alten Drachen beschützt?«

»Ich hab keine Angst vor dir!«

»Glaubst du an die Heilkraft von Körperwärme?«

Sie versank neben mir in den Kissen und zog mich zu sich hinab, gleichzeitig drückte sie ein paar Knöpfe auf der Fernbedienung. Der Rekorder begann zu brummen, der Bildschirm füllte sich mit Licht.

Wenig später zündete sich Heide Waldschmidt, um zwanzig Jahre verjüngt, eine Zigarette an. Am Boden neben mir ließ die wirkliche Heide ihren Kopf gegen meine Schulter sinken.

»War ich nicht eine richtige Hexe?«, flüsterte sie leise vor sich hin.

Als ich im Morgengrauen erwachte, brauchte ich eine Weile, bis ich wusste, wo ich lag. Mir war, als wär in der Nacht etwas Wunderbares passiert. Natürlich war überhaupt nichts passiert, außer dass ich zwischen Bergen von Kissen und neben einer Frau, die wie eine orientalische Gewürzmischung duftete, geschlafen hatte.

Ich drehte mich herum. Sie war verschwunden. In der Ferne hörte ich die Brandung. Ein kühler Wind wehte durch die offene Terrassentür herein.

Ich setzte mich auf. Weit draußen zwischen den zerzausten Kronen der Kiefern sah ich einen Arm auf- und niedergehen. Ich meinte, ihre Stimme zu hören.

Ich rannte hinaus, tauchte so wie ich war ins Wasser, wollte zu ihr hinschwimmen, aber die Kälte stach mit Tausenden von eisigen Nadeln in meine Haut, so dass ich schon nach wenigen Metern aufgab. Ich kehrte um und wartete fröstelnd am Strand. Endlich kam sie und blieb, diesmal splitternackt, vor mir stehen.

»Mann«, stöhnte sie mit blauen Lippen. »Du hast ja nicht mal deine Unterwäsche ausgezogen.«

Dann rannte sie, ein paar Lachmöwen aufschreckend, beinahe geräuschlos über den Sand zurück zum Bungalow.

Ich blickte den Strand entlang auf die Brandung. Keine Spur von Ertrunkenen, und auch niemand im Sand, der es hätte bemerken können. Ich hatte keine Lust zu gehen, aber es drängte mich an meine Schreibmaschine. Ich fürchtete, eines Tages meiner Erinnerung an das in den letzten Stunden Erlebte zu misstrauen, wenn ich mir nicht ein paar Notizen dazu machte. Ein Tag, an dem ich mir nichts aufgeschrieben habe, kam mir damals wie ein toter Tag vor.

»Ich bring dich mit dem Wagen«, erklärte Heide Waldschmidt.

»Nein, danke. Es sind nur ein paar hundert Meter den Strand entlang.«

»Gut, Herr Nachbar, mach dich auf die Socken. Kommst du mal wieder um Mitternacht vorbei?«

»Wenn es meine Zeit erlaubt«, erwiderte ich.

»Du hältst mich für verrückt, oder?«

»Ich halte die Welt für verrückt«, antwortete ich und

griff nach meinen Hosen. Dann rannte ich langsam davon.

Es passierte nicht mehr viel an diesem Tag.

Doch in der Nacht wachte ich auf und sah auf meine Uhr, fragte mich, was mich wohl aus dem Schlaf gerissen hatte. Ich kniff die Augen zusammen und lauschte angestrengt: Gewehrschüsse. Peng, Boing und wieder, ganz deutlich, Peng, Boing. Und noch einmal dasselbe. Unten am Strand? Auf dem Pier?

Mein Gott, dachte ich, der Pier ist so gut wie leer, wer kann das sein mitten in der Nacht da draußen, wer schießt da? Wieder und wieder ertönten die Schüsse, mal weit entfernt, mal näher, der Wind schien ihren Klang herüberzutragen.

18

Die Schüsse ließen mich auch nach dem Aufwachen nicht los. Immer noch hörte ich ihr Echo und den Lärm vom Pier, als wieder ein Stück Werft zertrümmert und abtransportiert wurde; er zog mich an, wie manch einer von Musik angezogen wird, H.-J. Renke kam mir in den Sinn.

Geh nicht zu ihm, dachte ich, unwillkürlich schneller werdend. Du musst aber, erwiderte eine andere Stimme, und sei es nur einiger seiner Bücher wegen.

Und dann erblickte ich vor mir auf dem Rad die Klinge, wie ich ihn nannte. Eigentlich hieß er Jochen Hopf, ich erinnerte mich sofort an ein Porträt anlässlich einer Fernsehdokumentation über die ehemalige Garnison der Kriegsmarine, in der er es kurz vor ihrer Auflösung noch bis zum Regimentskommandeur gebracht hatte. Den scharfen Joe nannten ihn die Soldaten, die früher unter ihm ihren Grundwehrdienst leisten mussten und sich besonders an spontane nächtliche Körperertüchtigungen, Turnübungen mit Gasmaske und Sturmgepäck am Strand erinnerten; dabei war es ein paarmal zu lebensbedrohlichen Zwischenfällen gekommen. Vergeblich hatte ich versucht, ihn im Rahmen meiner Recherchen zur »Verkauften Armee« zu befragen, jedes Mal hatte er mich abgewimmelt.

Ich sah ihn regelmäßig auf seinem leuchtend roten Mountainbike den Weg am Kanal entlangfahren. Er trug dabei einen blauen Trainingsanzug mit weißen Streifen an der Außenseite von Ärmeln und Hosenbeinen und bedeckte den scharfgeschnittenen Schädel mit einer Schirmmütze, die sein hohlwangiges Gesicht vor der Sonne schützen sollte. Er fuhr täglich die Ränder des ehemaligen Militärgeländes ab, so als inspizierte er den Erhaltungszustand von verfallenden Bauten und geheimen Depots.

Ich hätte nicht damit gerechnet, sein Rad ausgerechnet vor Renkes Praxis zu entdecken, und als ich einen Blick durch das staubbedeckte Fenster warf, unter dem zum Schutz vor neugierigen Blicken halb herabgezogenen Rollo hindurch, sah ich tatsächlich jemanden im blauen Trainingsanzug auf der Couch liegen, aus deren aufgeplatzten Nähten das Polstermaterial hervorquoll.

Das darf doch nicht wahr sein, dachte ich. In diesem Augenblick riss Hopf, obgleich augenscheinlich damit beschäftigt, in sein Innerstes hinabzutauchen, mit der Intuition des Soldaten die Augen auf. Er drehte mit einem Ruck den Kopf zur Seite, blickte zum Fenster und sah mich; und dasselbe tat Renke, der neben ihm saß, etwas abgewandt, Notizblock und Stift in der Hand.

Ich trat einen Schritt zurück, stieß einen Fluch aus und machte mich rasch davon.

Beschämt lief ich zum Ende des demolierten Piers hinaus und stopfte mir einen Kaugummi in den Mund. Am Ende des Piers, im verblassenden Licht des Spätnachmittags, holte Jochen Hopf mich ein.

Die Abrissarbeiter waren schon weg, die Luft lag still über dem Wasser des Kanals, da hörte ich ihn hinter mir heranrollen. Er sagte zunächst nichts, trat auf mich zu, das

Fahrrad fest im Griff wie die Taille einer Frau. Er stand jetzt genau an der Stelle, von wo aus ich den Toten im Bauwagen entdeckt hatte. Auf der anderen Seite des Kanals kickten sich ein paar Jungs einen Ball zu. Ihre Rufe und ihr Lachen ließen irgendwie die Zeit schneller vergehen. Nicht weit davon saßen zwei Trinker auf einer Bank und hofften wohl, weitere anzulocken und sie davon zu überzeugen, dass nichts den Tag so verlässlich strukturiert wie die Verpflichtung zur Aufrechterhaltung des Alkoholspiegels im Blut.

Dort hinüber schaute Jochen Hopf und würdigte mich keines Blickes. Er ließ mich schwitzen und warten, so dass ich unsicher war, ob ich gehen oder bleiben sollte. Ich hatte vor einigen Minuten eine verborgene Schwelle in seinem Leben übertreten. Sollte ich jetzt dafür zahlen?

»Ist irgendwas?«, fragte ich schließlich und kam mir im selben Moment wie ein Idiot vor.

Hopf gab ein krächzendes Lachen von sich.

»Wissen Sie, Sportsfreund, mit solchen wie Ihnen hatte ich immer den allergrößten Spaß.«

Er wandte den Kopf zur Seite, bis sein scharfes Profil nach Norden zum ehemaligen Hafen der Militärmarine wies, der nur wenige hundert Meter entfernt lag.

»Alles, was es über mich zu wissen gibt, liegt irgendwo da drüben im Hafenbecken versunken. Aber Vorsicht beim Tauchen, wer weiß, auf was Sie dort noch so stoßen.«

Er blickte düster zur anderen Seite des Kanals hinüber, auf die ballspielenden Jungs und die Trinker.

»Sie halten mich für verrückt, weil ich mich der Behandlung eines Hajo Renke aussetze?«

»Tun Sie das?«

»Renke ist ein sehr belesener Mensch, und wie Sie ja wissen, verlangen wir Soldaten nach klarer Orientierung, besonders in Zeiten mit so ungewisser Perspektive. Andauernd warten wir darauf, dass das Telefon klingelt oder die Einladung zu einem Bewerbungsgespräch im Briefkasten steckt. Doch das geschieht nicht. Wir haben jede Menge Zeit totzuschlagen, also beschäftigen wir uns mit Astrologie, Zahlenmystik oder fernöstlicher Meditation. Wenn wir einen Spezialisten für Eingeweideschau fänden, gingen wir auch zu dem. Sie sehen also, kein Grund, vor den Invaliden dieser Armee Angst zu haben; wir sind an Harmlosigkeit kaum zu übertreffen.«

Er starrte ununterbrochen hinüber auf die spielenden Jungs, die mit dem Ball die erstaunlichsten Kunststücke aufführten.

»Können Sie sich den Schrecken vorstellen, der einen ergreift, der morgens nach dem Aufstehen im Spiegel anstelle des eigenen ein wildfremdes Gesicht erblickt?«, fragte er schließlich, und auf seiner Oberlippe und an den Schläfen unter dem Mützenrand zeichneten sich dünne Schweißspuren ab.

»Schauen Sie sich diese begabten Jungs dort drüben an, ihr Bild erscheint ihnen jeden Morgen wie eine große Verheißung, aber ausschließlich ihr eigenes, sonst keines. Der Spiegel, vor dem ich stehe, wäre aus ihrer Sicht wahrscheinlich leer. Also verstehen Sie jetzt, warum ich ins Loch zu diesem kleinen hässlichen Maulwurf krieche?«

»Ich warte auch ständig darauf, dass das Telefon läutet«, sagte ich. »Was gibt es Schlimmeres?«

»Sie scheinen wirklich zu verstehen.«

Er starrte mich an, und sein Blick brannte mir auf der Haut. Ich nickte.

»Kommen Sie doch mal bei mir vorbei.«

Er deutete mit dem Kopf hinüber zu einem der viergeschossigen Blöcke, an deren Fassade die salzige Meerluft tiefe Spuren hinterlassen hatte.

»Vielleicht lasse ich Sie ja mal durch mein Teleskop in den Nachthimmel schauen. Interessieren Sie sich für Astronomie?«

Er sah, wie mein Kopf interessiert nach vorn zuckte. Seine Hand war in der Hosentasche verschwunden.

»Vielleicht kann ich Sie ja bei der Gelegenheit auch mit dem jungen Mann bekannt machen, der mir mehr bedeutet als alles auf der Welt.«

Ich zwang mich, den Blick von ihm abzuwenden, so wie ich es auch bei Krummnow oder anderen tat, die mich gegen meinen Willen zu etwas überreden wollten.

»Es ist nicht das, was Sie denken. Da. Schauen Sie genau hin.«

Er zeigte mir ein zerknittertes Foto. Ich dachte, er wolle es mir reichen, aber er hielt es fest, presste den Daumen auf den Kopf der Person auf dem Bild. Das, was unter dem Daumen hervorschaute, war ein beeindruckend wohlgeformter Jünglingskörper, ich tippte auf einen Turner oder Mittelgewichtsboxer. Ich dachte an all die Meisterschaften und Olympischen Spiele meiner Kindheit vor dem Fernsehapparat eines sportverrückten Landes. Wie viele Sommer waren in dieses Foto gepackt, das Jochen Hopf mir hinhielt, den Daumen auf dem Gesicht, um das Geheimnis weiterhin zu wahren.

»Ist er nicht einfach unglaublich?« Ein melancholischer Unterton schwang mit in seiner Stimme. »Und er gehörte mir allein. Da! Sehen Sie!«

Er nahm den Daumen vom Kopf des Athleten. Was erschien, war das verjüngte Gesicht des ehemaligen Regimentskommandeurs.

»Das sind ja Sie!«

»Ja, das bin ich«, bestätigte Jochen Hopf und warf mit einem messerscharfen Grinsen den Kopf zurück. Er lachte stumm in sich hinein, sicher in Gedanken an jene Zeit vor dem Fall des Eisernen Vorhangs.

»Und ob ich das bin.«

Ich nahm die Brille ab, putzte sie und sah noch einmal genauer hin. Die Abbildung ähnelte Propagandaaufnahmen der Aufbauhelden der frühen Sowjetmacht, nur saß hier nicht auf dem Körper eines jugendlichen griechischen Gottes die asiatische Ausführung eines Davidschädels, sondern Nacken, Schultern und Hals waren verschmolzen mit dem Gesicht eines Raubvogels, der sich emporschwang zu Irrsinn und Niedertracht.

Ein Abglanz dieses Irrsinns stand in Jochen Hopfs Augen, als er mir über die Schulter schaute, so als hätte er diese Schönheit noch nie gesehen.

»Sie glauben, es ist eine Montage?«

»Nein.«

Doch ich warf einen Blick auf seinen makellos sauberen Trainingsanzug, der unterhalb des Kinns und der Handgelenke keinen Fingerbreit Haut freigab. Ich dachte an Karl Kloss, den Friseur, und an Django Reinhardts verlorengegangenen Kopf.

Jochen Hopf strich sich mit seinen wächsernen Fingern über Brust und Bauch hinab.

»Ja«, lachte er, »Willensstärke heißt des Rätsels Lösung. Gesunde Ernährung, das Wichtigste im Leben eines Sportlers. Wir müssen zugleich auf Körper und Geist achten. Kein Weißbrot, keine Süßigkeiten, keinen Alkohol, und auch nicht zu viel Sex. Um zehn Uhr abends zu Bett, früh raus, ein Dauerlauf am Strand, jeden Tag, danach drei Stunden ins Fitnessstudio und noch zwei Stunden Radfahren zum Abend hin. Tag für Tag, zwanzig Jahre lang, und dann schlendert man an Gottes Guillotine vorüber und verliert den alten Raubvogelkopf, der auf einen ewig blühenden, jugendlichen Körper gepflanzt wird. Da hat sich die Mühe gelohnt.«

»Ich glaub's Ihnen ja.«

»Ihre Ehrlichkeit bringt Sie eines Tages um, junger Freund.«

Er schob das Foto wie eine Blüte in die Tasche.

»Zeigen Sie noch mal!«

Er gab mir das Bild, und während ich es ansah, hörte ich die Brandung der letzten Nacht auf den Strand rollen, und ein nackter Mann tauchte daraus auf. Ich zuckte zusammen und sah noch einmal auf das Bild. War das der

Mann, der mich erschreckt hatte, als Heide Waldschmidt mir gerade den Rücken zuwandte?

»Kennen Sie Heide Waldschmidt?«

Er erstarrte.

»Warum fragen Sie?«

»Sie ist ebenfalls eine begeisterte Sportlerin. Wenn nicht am Strand, sind Sie ihr ja vielleicht im Fitnessstudio begegnet.«

»Sie sollten unbedingt Hajo Renke aufsuchen, ein holistischer Mensch, Verkörperung des reinen Zen, der endgültigen Weisheit. Er weiß alles über einen«, sagte Oberstleutnant Hopf, während er sein Fahrrad bestieg, und ein Raubvogelblick traf mich unterhalb des Kinns.

Ohne sich noch mal umzusehen, radelte er davon.

19

»Herr Krummnow?«

»Ja, am Apparat.«

»Ich glaub, ich hab eine Spur, die zum Mörder führt.«

Ein langes, tiefes Schweigen folgte, als der Polizist am anderen Ende den Hörer ablegte und sich die Haare raufte, bevor er ihn wieder ans Ohr hielt.

»Jochen Hopf«, sagte ich.

»Sie vergessen«, wandte der Kriminalhauptkommissar ein, »dass es bis jetzt gar keinen Mord gegeben hat, nur Verdächtigungen und Eventualitäten. Ganz sicher wissen wir bisher nur, dass ein Mann im Kanal ertrunken ist.«

»Haben Sie Jochen Hopf schon mal nackt gesehen?«

»Jetzt reicht's mir aber.«

Krummnow legte einfach auf. Draußen hatte es heftig zu regnen begonnen.

Ich überlegte noch, ob ich es nochmals bei ihm versuchen sollte, da klingelte es erneut. Ich griff nach dem

Hörer und rief »Kat!« hinein, es war die verabredete Zeit unserer Gespräche.

Die einzige Antwort waren sanfte Atemzüge, aus weiter Entfernung drangen sie durch das Rauschen des Regens zu mir.

»Scheißkerl!«, brüllte ich. »Komm mich doch holen, Schweinehund!«

Ich knallte den Hörer zurück auf die Gabel.

Wenn er dich nun beim Wort nimmt, du Idiot, dachte ich.

Ein weiteres Mal läutete das Telefon.

Ich musste mich melden, und sei es nur, um mich bei den Atemzügen auf der anderen Seite zu entschuldigen.

Ich hörte eine vertraute Stimme ein ängstliches »Hallo?« murmeln.

»Fanny, meine Güte, bist du das?«

»Ja, ja, ich bin's.«

Er keuchte, hechelte, schien nach Luft zu ringen.

»Die Treppe hätte mich beinahe umgebracht, seit Jahren bin ich keine mehr gestiegen. Tony, Sergej, Punkerpit.«

Die Aufzählung der Namen drückte mich in eine Ecke der Loge.

»Tony, Sergej und Pit. Warum hast du mich belogen?«

»Ich hab nicht gelogen, ich hab dir nur nichts gesagt.«

»Und jetzt Carlos!«, rief er.

»Was ist mit Carlos?«

»Er ist die Treppe runtergefallen.«

»Und? Ist er am Leben?«

»Er liegt in seinem Zimmer, wollte nicht in die Klinik. Ich hab gehört, wie er gestürzt ist und bin sofort raus. Da hab ich alles erfahren, was du mir nicht gesagt hast. Carlos hat nur dagelegen, hat gestöhnt und Namen gemurmelt: Tony, Sergej, Punkerpit. Warum hast du den Tod hierhergebracht?«

»Das war ich nicht, Fanny.«

»Komm her und beweise es mir. Nimm ein Taxi, schick

den Fahrer rauf, ich bezahl ihn. – Woher weiß ich überhaupt, dass du es bist, wenn's klopft?«

»Bist du dir sicher, dass ich's jetzt bin, hier am Telefon?«

»Nein, bin ich nicht«, jammerte er. »Ist das nicht fürchterlich?«

Er legte auf, und ich wählte die Nummer von Heide Waldschmidt.

»Hallo, Heide? Fanny hat mich gerade angerufen. Wir müssen ihn rauskriegen. Kannst du mit mir kommen? Er hat wirklich große Angst.«

»Hat er Grund dazu?«

Ich dachte an das Haus und überlegte, wie viele Schatten dort wohl zwischen Keller und Dachboden hausten.

»Diesmal ganz bestimmt.«

»Ich bin gleich bei dir und fahre dich hin. Ich werde unten warten. Überrede ihn runterzukommen, und dann bringen wir ihn weg.«

Heide knallte den Hörer dermaßen heftig auf die Gabel, dass ich rückwärts gegen die Wand der Portiersloge taumelte und beinahe den Apparat heruntergerissen hätte.

Als wir angekommen waren, klopfte ich so, dass er mich erkennen konnte. Nach einer Weile öffnete sich die Tür einen winzigen Spalt, und ich blickte in irre flackernde Augen unter einem zerwühlten Haarschopf. Ich schob ihn in seinem Rollstuhl zurück ins Zimmer, riss den Kühlschrank auf und überlegte, was eher helfen könnte, Bier oder Wodka. Ich entschied mich für den Schnaps.

»Trink das«, befahl ich mit einem Glas in der Hand.

Fanny leerte das Wodkaglas. Ich schenkte nach, setzte mich und wartete.

»Vorgestern und gestern Nacht war jemand vor meiner Tür. Lief hin und her und hin und her, ganz anders, als wenn sonst irgendwer vorbeigeht, blieb irgendwann stehen und atmete so tief durch, dass ich es drinnen hören konnte. Was tut so einer vor der Tür eines alten abgewrackten Bluessängers? Hält er mich vielleicht für jemand anderen? Er wird doch keine fünf Zentner schwere Tunte vergewaltigen wollen.«

Dann begann er zu lachen, so heftig und ausdauernd, dass ich nicht wusste, war es Hysterie oder Verblüffung über den eigenen Galgenhumor. Ich musste ihm auf den Rücken klopfen, damit er zu lachen aufhörte und wieder Luft bekam, bevor ich ihm das Glas noch mal füllte.

»Oje«, keuchte er, »das tut gut. Gott sei dank bist du hier. Du wirst mich doch beschützen, oder? Was ich gesagt hab, tut mir leid, du hast diese schreckliche Sache nicht vor meiner Tür zurückgelassen.«

»Entschuldige, dass ich dir das mit Tony und Sergej und Pit nicht gesagt hab.«

Ich nahm einen Schluck Wodka und spürte, wie meine Mundhöhle sich mit Speichel füllte.

»Ich hielt es nicht für angebracht, dir so viele Verluste auf einmal anzuzeigen. Hör zu, unten wartet Heide. Sie möchte, dass du mit ihr kommst, ein paar Tage zu ihr ziehst, und …«

»Noch mehr Geheimnisse?«, rief Fanny mit weit aufgerissenen Augen. »Seit wann kennst du die Waldschmidt? Und überhaupt, das kommt gar nicht in Frage. Ich bin hier zu Hause. Woanders geh ich ein wie eine Primel! Und was wird aus meinen Schallplatten?«

»Die nehmen wir mit.«

»Meine Bücher?«

»Trag ich persönlich runter.«

»Meine Chips. Sie hat bestimmt nicht die richtige Sorte.«

»Besorg ich dir.«

»Sie hat doch gar nicht genügend Platz.«

»Selbst für dich, Fanny, doch, glaub mir.«

»Sie …«

So ging es immer weiter.

»Du willst also nicht, Fanny?«

»Mir geht's jetzt blendend, wo du da bist. Wenn du gehst, sag Frau Kapell, sie kann jetzt zu mir raufkommen«, entgegnete er fröhlich.

»Woher plötzlich dieser Optimismus? Vor einer Stunde warst du noch völlig am Ende.«

»Mein lieber Junge, Fanny geht es gut. Das Untier kommt nicht wieder, ich weiß es.«

Genau in diesem Moment erbebte das Mietshaus von einer ungeheuren Detonation irgendwo in der Nachbarschaft. Die Tür zu Fannys Zimmer schwang im Rahmen, gab eine Art Wispern von sich. Als hätte ein Schuss ihn getroffen, richtete Fanny sich auf und würgte, schien beinahe an seinem Schrecken zu ersticken.

Im Bruchteil einer Sekunde war ich an der Tür, riss sie auf und blickte hinaus in den Treppenflur, hinunter in den tiefen Schacht, durch den die Finsternis zu uns heraufströmte.

Ich lauschte und meinte zu hören, wie die Wohnungstüren in ihren Rahmen knirschten. Irgendwo lief eine Toilettenspülung unablässig rauschend vor sich hin.

Natürlich war niemand im Treppenflur. Am liebsten hätte ich in die Leere hinausgebrüllt, was ich schon in der Nacht am Strand vor Heide Waldschmidts Bungalow hatte schreien wollen. Verschwinde gefälligst! Lass uns in Frieden! Wir sehen vielleicht so aus, als hätten wir's verdient zu sterben, aber das stimmt nicht!

»Es ist alles in Ordnung«, sagte Fanny und schloss die Augen. »Sag Heide, dass ich ihr Angebot zu schätzen weiß, aber leider dankend ablehnen muss. Sie kann mich gern mal wieder besuchen kommen. Frau Kapell hat versprochen, heute Nacht hier zu schlafen, in meinem Bett, das ich seit zehn Jahren nicht mehr benutzt hab. Kannst du dir das vorstellen? Ich kann nicht im Liegen schlafen, da bekomme ich keine Luft. – War nett von dir, dass du vorbeigeschaut hast. Ich versteh schon, dass du mir nur das Schicksal der anderen ersparen willst.«

»Genauso ist es, Fanny.«

»Aber das ist nicht nötig. Es ist doch nichts Unnormales an ihrem Tod, oder?«

»Nein, ganz und gar nicht«, log ich. »Es hat nur mit Stumpfheit und Ignoranz und Vergänglichkeit zu tun.«

Ich ging zur Tür.

Fanny holte tief Luft und sagte dann: »Falls mir irgendwas zustößt, nur für den Fall – dann sieh bitte in den Kühlschrank.«

»Wohin?«

»In den Kühlschrank«, wiederholte Fanny seine rätselhafte Anweisung. »Nicht jetzt.«

Aber ich hatte bereits die Kühlschranktür aufgerissen und starrte auf Chipstüten und Bierpaletten. Erst nach einer Weile schloss ich ihn wieder.

»Du hättest jetzt nicht hineinsehen sollen«, protestierte Fanny.

»Ich wollte nicht länger warten. Ich muss Bescheid wissen.«

»Jetzt sag ich dir überhaupt nichts mehr. Du hättest nicht hineinsehen dürfen«, beharrte er beleidigt. »Ich geb ja zu, dass vielleicht ich schuld daran bin, dass es ins Haus gekommen ist.«

»Es, Fanny? Was für ein Es?«

»All das Böse, von dem ich dachte, du trägst es an deinen Sohlen herein. Aber vielleicht bin ich ja schuld. Vielleicht hab ich es von der Straße hochgerufen?«

»Ja und nun? Hast du oder hast du nicht?«, rief ich, den Oberkörper zu ihm vorgebeugt. »Ist es nicht egal, wer es gebracht hat, wenn es hier ist? Ich versuche, dich hier rauszuholen, und du willst nicht. Du wirfst mir vor, ich wär an allem schuld, und dann lässt du mich in Kühlschränke schauen. Verflucht noch mal, Fanny!«

Ich hielt das nicht länger aus.

Ich öffnete die Tür.

Frau Kapell muss schon eine Weile davorgestanden haben, diskret hatte sie mit einem Teller Nudeln in der Hand dort gewartet.

»Ich ruf dich morgen an, Fanny.«

»Klar, tu das, ich werd da sein.«

Wenn ich die Augen schließe, dachte ich, und so tue, als wär ich blind, ob ich dann das Zimmer von Carlos finde?

Ich klopfte an Carlos' Tür.

»Wer ist da?«, ertönte Carlos' Stimme. Er schien sich eingesperrt zu haben.

»Wer fragt da ›Wer ist da?‹?«, fragte ich.

»Wer fragt da ›Wer fragt da, wer ist da?‹?«, antwortete er und musste lachen. Dann fiel ihm wohl ein, dass er Schmerzen hatte. »Ach du bist's«, ächzte er.

»Mach auf, Carlos.«

»Bei mir ist alles in Ordnung, bin nur die Treppe runtergefallen. Um ein Haar hätt ich mir sämtliche Knochen gebrochen. Muss mich einfach noch ein bisschen erholen. Morgen mach ich vielleicht die Tür wieder auf und komm raus. Ist wirklich nett von dir, dass du dir Sorgen um mich machst.«

»Was ist passiert?«, fragte ich.

Er näherte sich der Tür wie einer, der durch ein Beichtstuhlgitter spricht.

»Er hat mir ein Bein gestellt«, wisperte er.

Ich spürte, wie das Blut mir ins Gesicht schoss. Schweiß lief mir den Nacken hinunter.

»Wer, Carlos?«

»Er. Ein Bein hat er mir gestellt, der Mistkerl.«

»Bist du sicher, dass da jemand war? Hat er irgendwas gesagt?«

»Ich spür doch, wenn jemand im Flur steht. Ja, glaub mir, ich spür es. Die Wärme. Es war wärmer im Flur da, wo er stand. Und er hat ganz normal geatmet. Ich hab gehört, wie er sich versteckt hat, wie er die Luft eingesogen und dann ganz sachte ausgeatmet hat. Er hat nichts gesagt, als ich vorbeigegangen bin, aber ich konnte sein Herz hörn. Hab gedacht, ich könnt vorbeischleichen, ohne dass er mich sieht, blöd, was? – Ja, und dann: wumm! Ich sitz unten an der Treppe und weiß nicht, wie ich da hingekommen bin. Hab nach Tony und Sergej und nach Pit gerufen, ich verdammter Idiot, bevor ich mich dran erinnerte, die sind nicht mehr da, und ich bin's auch bald nicht mehr, wenn ich nicht nach jemand anderem rufe. Ich hab nach Frau Kapell gebrüllt, damit sie die Polizei ruft, im ganzen Haus wurden die Türen aufgerissen, und währenddessen hat er sich davongemacht. Klang, als ob er barfuß lief draußen vor der Tür. Konnte seinen Atem riechen.«

Ich schluckte und lehnte mich gegen die Tür.

»Und? Wie roch er?«

»Ich denk drüber nach und sag's dir dann. Jetzt muss ich ins Bett. Bin wirklich froh, dass ich blind bin. Hätt nicht sehen wollen, wie ich die Treppe runterrausche wie'n nasser Sack. Nacht.«

»Gute Nacht, Carlos.«

Der Volvo von Heide Waldschmidt erwartete mich auf der anderen Straßenseite.

»Fahr los«, keuchte ich und schwang mich auf den Beifahrersitz. »Fanny ist nicht zu bewegen.«

»Bist du sicher?«

»Das bin ich, ja.«

Ich muss überzeugend geklungen haben. Die Wagentür knallte zu, und schon rasten wir hinaus auf die Landstraße nach Niewetow, wo Heide die Chauffeursmütze abnahm und ihr Haar herabfallen ließ.

»Und?«, fragte sie kühl. »Ist er völlig durch den Wind, oder besteht noch Hoffnung?«

»Er ist völlig verstört, aber was kann denn ich dafür!«

»Gar nichts?«

»Zum Teufel nein!«

»Für einen schüchternen Jungen aus dem hohen Norden haben Sie ein verdammt feuriges Temperament, Daniel Brandenburg!«

»Ja, verdammte Scheiße, Frau Waldschmidt!«

Ich sah, wie ihre Schultern etwas absackten.

»Heide«, korrigierte sie versöhnlich.

»Es ist nicht meine Schuld, wenn Leute in Badewannen ertrinken, volltrunken Treppen hinabstürzen oder von der Polizei geholt werden. Warum bist du nicht hochgekommen? Ich dachte, ihr wärt Freunde.«

Sie fuhr etwas langsamer, ihre Klauen umklammerten das Lenkrad, als wären es meine Schultern, die sie zu schütteln im Begriff war.

Ich sagte: »Vielleicht gelingt es dir alleine besser, ihn da rauszuholen. Er wird jetzt eine Woche lang nicht schlafen, und das könnte sein Tod sein, einfach aus Erschöpfung. Von Kartoffelchips allein kann auf die Dauer nämlich kein Mensch leben. – Außerdem hat Fanny irgendeine Dummheit gemacht.«

»Was denn?«

»Keine Ahnung, er ärgert sich jedenfalls über sich selbst. Vielleicht bekommst du ja heraus, was der Grund ist.«

»Wie denn aber? Und was?«

Heide beobachtete mich von der Seite. Ich fuhr mir mit der Zunge über die trockenen Lippen.

»Ich kann nur raten. Es wär was in seinem Kühlschrank, hat er gesagt. In den soll ich schauen, wenn ihm was passiert! Vielleicht kannst du ja später noch mal zu ihm fahren, in den verfluchten Kühlschrank schauen und herausfinden, was Fanny sich ins Haus geholt hat und wie und warum. Was das ist, das ihn so erschreckt.«

»Ich werd noch wahnsinnig, wenn das nicht endlich aufhört«, murmelte Heide und schloss ihre Augen.

»Heide!«, schrie ich. Wir hatten soeben eine rote Ampel überfahren.

Sie fuhr mich direkt bis zu meinem Quartier und war

nicht davon abzubringen, mich hineinzubegleiten, über den Flur der ehemaligen Kaserne bis in meine Stube.

Mit angehaltenem Atem ging sie neben mir.

»Hier also wurde der Frieden verteidigt.«

»Was Günstigeres war nicht zu finden. Der Mietpreis ist so unglaublich niedrig, das es schon fast an Nötigung grenzt.«

»Wer will schon in einer Kaserne wohnen!« Sie wies auf die verglaste Loge. »Und dort sitzt der Wachhabende, oder?«

»Ja. Normalerweise darf ich um die Zeit gar keinen Besuch mehr empfangen, und Damen auf dem Zimmer sind ohnehin strengstens verboten. Nach der letzten bekam ich vier Wochen Arrest.«

»Ich hatte schon befürchtet, dass es an mir liegt. Du bist wirklich etwas Besonderes, seit ich zwölf war, hab ich keinen schüchterneren Jungen mehr getroffen.«

Wir standen vor meiner Tür, ich öffnete und sie streckte den Kopf hinein.

»Was für ein Saustall«, jauchzte sie begeistert.

»Ach du lieber Gott, deine Schreibmaschine ist ja noch älter als ich! – Aber ich werd dann wohl noch mal nach Fannys Kühlschrank sehen. Gute Nacht, mein Lieber!«

Sie küsste mich leidenschaftlich auf die Wange und ging davon.

Noch ganz schwindlig von ihrer Energie, taumelte ich ins Bett, im Liegen schälte ich mich aus der Hose und schlief sofort ein.

Im Traum saß ich auf einem Friseurstuhl wie dem von Karl in einem leeren Laden. Dann kam jemand hereingestürmt und brachte mir ein Telegramm, in dem mir irgendein Herr Kummerow mitteilte, ich hätte einen Preis für meine Reportage gewonnen.

Ich saß in dem Stuhl, brüllte vor Freude, schwenkte das Telegramm und sah die Gesichter der Kunden und das des Friseurs zu Eis erstarren, und als sie mir mit gefrorenem Lächeln gratulierten, zeigten sich statt Zähne Eiswürfel in ihren Mündern.

Plötzlich fühlte ich mich als Ausgestoßener. Ihr Atem umwehte mich kalt. Ich hatte mich verwandelt, unwiderruflich. Der Friseur beendete meinen Haarschnitt in Windeseile, als hätte ich eine ansteckende Krankheit, und ich ging nach Hause, das Telegramm in den Händen. In der Nacht hörte ich von jenseits des Waldes, der von meinem Haus nicht weit entfernt lag, ein ungeheures Brüllen. Ich setzte mich im Bett auf, kalte Eisblumen bedeckten meinen Körper. Das Brüllen eines Tieres kam näher. Ich öffnete die Augen, um auf sein Kommen vorbereitet zu sein, riss den Mund auf, um die Ohren zu entlasten. Ich konnte mich weder bewegen noch schreien. Ich spürte, wie das Blut aus meinem Gesicht wich und sah das herrliche Telegramm drüben auf der Kommode liegen. Das Tier stieß einen entsetzlichen, Vernichtung drohenden Schrei aus und stapfte unter meinem Fenster vorüber. Ich sprang aus dem Bett, packte das Telegramm und rannte zur Haustür. Dort zerriss ich es in tausend Stücke, warf sie hinaus in die Nacht und rief ihnen nach: »Ich will nicht! Behaltet euer Geld! Ich bleibe hier! Ich will nicht! Nein!« Ein schrecklicher Moment der Stille folgte. Der Mond verschwand hinter einer Wolke. Die Telegrammfetzen wirbelten wie Motten über den Rasen.

Von diesem Traum aus meinem Bett getrieben, stand ich auf, ging ans Fenster und schaute hinaus auf den Strom. Was konnte ich dem dunklen Wasser, dem Nebel, dem Meer, das an die Küste rollte, zurufen? Wer würde mein Rufen hören? Welches Ungeheuer Hinweise auf meine guten Absichten anerkennen?

Konnte ich rufen: »Verschwinde! Ich bin vollkommen unschuldig! Ich darf noch nicht sterben! Und lass auch die andern in Ruhe, um Gottes willen!«?

Ich öffnete den Mund oder versuchte es zumindest. Doch er war verkrustet mit einer staubigen Substanz, die sich irgendwie unbemerkt daraufgelegt hatte. Ich konnte nur mit der Hand eine Pantomime vollführen, sie bittend ausstrecken ins undurchdringliche Dunkel des ehemaligen Kasernenhofes.

»Bitte«, flüsterte ich. Dann schloss ich das Fenster.

20

Krummnow stand blinzelnd in seiner Haustür.

»Wissen Sie eigentlich, wie spät es ist?«

Wir standen uns gegenüber wie zwei Boxer, die, nachdem sie aufeinander eingeprügelt hatten, sich nicht entscheiden konnten, ob sie zu Boden gehen oder weiter kämpfen sollten.

Schweigend führte er mich schließlich in die Küche, wo eine große Kanne Kaffee auf der Herdplatte stand.

»Hab bis spät in der Nacht gearbeitet.«

Krummnow deutete mit dem Kopf auf die Schreibmaschine, ein langes gelbes Blatt hing heraus wie eine Zunge.

»Ich benutze jetzt ein größeres Format, da passt mehr drauf. – Mann, sehen Sie mitgenommen aus. Schlecht geträumt?«

Ich erzählte ihm von dem Friseurgeschäft und dem Preis für die Reportage, von dem Tier in der Nacht, meiner Angst und davon, wie das Ungeheuer, ohne mich zu fressen, stöhnend verschwunden war.

Krummnow füllte zwei Tassen mit etwas, das mich an kochende Lava erinnerte.

»Sie träumen ja noch besser als ich.«

»Was mag dieser Traum bedeuten? Sie sind älter, Krummnow, sagen Sie's mir! Warum bedroht mich das Tier und verschont mich letztendlich? Und weshalb zerreiße ich das Telegramm? Wo soll das alles enden?«

»Träume bedeuten einen Scheißdreck, mein Freund, auch wenn gewisse Koryphäen immer wieder das Gegenteil behaupten.«

»Ob einer wie Renke mir weiterhelfen könnte?«

»Ich kann Ihnen, wenn sie möchten, auch den Kaffeesatz hier zwecks Lesung zur Verfügung stellen. Oder Sie schreiben Ihren Traum ganz einfach auf. Genau das würden Sie anderen auch raten.«

»Auf dem Weg hierher fiel mir ein, wie mir ein Pathologe einmal angeboten hat, mich durch die Sektionssäle zu führen. Gott sei Dank habe ich das damals abgelehnt. – Ich bin wohl einfach etwas überarbeitet.«

»Trinken Sie Ihren Kaffee«, sagte Krummnow.

Ich wühlte in meinen Taschen und kramte das Bild von dem kopflosen Django Reinhardt hervor. Ich erzählte Krummnow die Geschichte dazu.

»Den Kopf hat jemand geklaut. Als Karl das mitbekam, wusste er, dass der Schwindel auffliegt, und ist von der Insel verschwunden.«

»Das ist kein Mord«, wandte Krummnow ein.

»Aber so gut wie«, entgegnete ich.

»Der Nächste bitte, würde mein Hausarzt sagen.«

»Irgendwer hat Tony umgebracht, indem er ihn mit Schnaps abfüllte. Jemand hat Sergej in der Wanne umgedreht und ihn so ertrinken lassen. Jemand hat Pit die Polizei auf den Hals gehetzt; er wurde fortgebracht, und das wird ihm vermutlich den Rest geben. Jemand hat die Frau mit den Vögeln zu Tode erschreckt. Jemand hat den alten Mann abgefüllt, ihm vielleicht eins über den Schädel gezogen und den Toten dann in den Bauwagen gestopft; dann ist dieser Jemand zurück zu seiner Wohnung hier irgendwo in Niewetow gegangen, nass bis auf die Haut zwar, aber unbehelligt bei dem Unwetter, das herrschte.«

»Es sterben nun mal Leute, das ist leider nicht zu ändern, und manchmal auch infolge eines Unfalls. Was wir brauchten, wäre ein Mordmotiv, verdammt noch mal. Alles, was Sie hier anzubieten haben, ist ein Phantom, dass nur Sie für lebendig halten. Nehmen wir einmal an, dieser sogenannte Mörder existiert wirklich; es gibt doch nur eine einzige Person, von der wir wissen, dass sie irgendwie mit all den Todesfällen zu tun hat, und das sind Sie ganz allein!«

»Sie glauben doch nicht im Ernst…«

»Warten Sie.«

Krummnow ging hinüber zum Bücherregal auf der anderen Seite der Küche und zog einen dicken Band hervor. Er warf *Marlowes Dramen* auf den Küchentisch.

»Grundlose Boshaftigkeit«, sagte er.

»Was?«

»Die Literatur ist voll davon, wie irgendein Scheißkerl eine Schweinerei nach der anderen begeht, ohne dass wir uns einen Grund dafür vorstellen können.«

»Kein Mensch mordet völlig grundlos.«

»Was wissen Sie schon«, seufzte Krummnow. »Wir bei der Polizei haben ständig mit Leuten zu tun, die ihre Frau verprügeln oder einen Freund massakrieren, ohne dass sie dafür einen Grund angeben könnten. Natürlich gibt es immer irgendein Motiv, aber das ist so tief vergraben, dass man ein weiteres Leben bräuchte, um es freizuschaufeln. Und sollte es diesen Kerl, den Sie mit Ihrer Hausfrauenlogik glauben, aufspüren zu können, tatsächlich geben, dann werden wir ihn sehr wahrscheinlich niemals erwischen. Kein Motiv, keine Spuren, die man zurückverfolgen könnte, also keinerlei Hinweise auf den Täter. Er wird weiterhin unbehelligt herumlaufen, solange wir keine belastbaren Verbindungen zwischen den unzusammenhängenden Fakten herstellen können. Aber vielleicht gibt es ihn auch gar nicht.«

Krummnow wirkte jetzt auffallend zufrieden, er setzte sich und goss Kaffee nach.

Ich nahm all meinen Mut zusammen.

»Glauben Sie an Hypnose?«, stieß ich hervor. »An geistige Regression? Daran, dass man jemanden in die Vergangenheit zurückversetzen kann?«

»Sie sind doch schon regrediert!«

»Ich bin dem Mörder begegnet, Krummnow, und jetzt möchte ich ihn wiedertreffen. Damals wollte ich nichts mit ihm zu tun haben, weil er betrunken war. Er hat hinter mir gesessen auf der Fähre über den Strom, in derselben Nacht, als der alte Mann tot aus dem Bauwagen gezogen wurde.«

»Beweise, bitte.«

»Er hat etwas gesagt, was ein Beweis wär, aber leider hab ich's vergessen. Wenn jemand mich zurückschicken könnte, mich nochmals mit der Fähre durch dieselbe Nacht fahren und mich seine Stimme hören lassen könnte, dann wüsste ich, wer er ist, und die Morde würden endlich aufhören. Wollen Sie das nicht auch, Krummnow?«

»Sicher. Und wenn Sie in Trance und in der Vergangenheit verschwunden sind und die Ergebnisse herüberfunken, dann werd ich als Nächstes den Mörder verhaften, ja? Komm jetzt, du übler Bursche, mein Freund hat in einer Hypnosesitzung deine Stimme gehört, und das ist der Beweis. Hier sind die Handschellen, ab Marsch!«

»Sie können mich mal!«

Krummnow lachte. »Wie wär's mit H.-J. Renke, Hypnosen aller Art?«

Er schob mich sanft zur Tür und bestand darauf, mich nach Hause zu fahren. Unterwegs sagte er, die Augen nach vorn in die Dunkelheit gerichtet: »Keine Angst, es wird nichts mehr passieren.«

Er irrte sich.

21

Ich hatte mich gerade ins Bett gelegt, als ich draußen einen Wagen vorfahren hörte. Ich erkannte den Volvo von Heide Waldschmidt, sprang auf und griff, ohne darüber nachzudenken, nach einem schwarzen Shirt und einem dunklen Jackett. Ich hielt die Klinke kurz in der Hand, ehe ich die Kraft fand, die Tür aufzuziehen.

Ich stieg vorne ein, wo Heide saß und geradeaus auf die Straße starrte, die dunkel und verlassen auf den Strom zuführte.

Als wir etwa die Hälfte der Strecke zurückgelegt hatten, sagte Heide endlich: »Ich war schon unterwegs aufs Festland, aber dann hat mich auf einmal der Mut verlassen. Ich bin umgekehrt und plötzlich stand ich vor der Kaserne.«

Wir hielten um halb zwei vor dem Mietshaus in Sundhafen. Eine Weile saßen wir regungslos im Wagen.

»Ich fühle mich, als ob ich fünf Zentner wiege«, sagte Heide irgendwann. »Ich glaub, ich kann mich nicht mehr bewegen.«

Auf dem Weg hinauf traf uns ein eiskalter Luftzug. Jemand hatte die Bodentür offenstehen lassen. Wollte dort oben jemand Wäsche aufhängen? Mitten in der Nacht? Oder übers Dach verschwinden? Einen Augenblick später drang das Zuknallen der Tür wie ein Pistolenschuss an unser Ohr. Ich ergriff Heides Hand und zog sie weiter hinauf.

Es ist alles in Ordnung, redete ich mir ein. Er wird da sein wie immer und seine Schallplatten werden da sein und die Fotos an den Wänden und die Chipstüten und …

Die Tür war nur angelehnt und Fanny war da. Er lag auf dem Rücken mitten im Zimmer.

»Fanny«, schrie ich. Steh auf, wollte ich sagen, du bekommst doch keine Luft, wenn du auf dem Rücken liegst! Du hast seit Jahren nicht mehr gelegen, du musst immer sitzen, Fanny, immer.

Er stand nicht auf. Er sagte nichts. Er atmete nicht mal.

Es war ganz einfach und ganz furchtbar zugleich; Fanny war gefallen oder aus dem Rollstuhl gestoßen worden und war allein nicht wieder hochgekommen. Er hatte im Dunkeln dagelegen, bis sein eigenes Gewicht ihm den Atem abdrückte.

Es muss ganz leicht gewesen sein, ihn in dieser Lage zu halten, man brauchte ihn dazu nicht mal anzufassen. Es war nicht nötig, Gewalt anzuwenden, es genügte, vor ihm zu stehen und dafür zu sorgen, dass er sich nicht auf die Seite rollte und Halt fand, um sich keuchend hochzustemmen; ein paar Minuten nur, so lange, bis kein Atem mehr zu spüren war und die Augen gläsern wurden.

»Fanny«, stöhnte ich, »was hast du nur getan?«

Sein Bett im Nebenzimmer war so unberührt wie immer. Niemand, auch nicht Frau Kapell, hatte dort die Nacht verbracht. Warum nur war ich auf diese Ausflucht hereingefallen.

Da, plötzlich, hinter mir ein leises Knistern! Mein Blick schnellte durch den Raum. Eine Schallplatte drehte sich auf dem Teller, aber der Verstärker war ausgeschaltet. Bedeutete das, er hatte sie gerade erst aufgelegt?

Ich dachte noch darüber nach, als Heide plötzlich neben mir aufsprang und losrannte. Sie stieß die Tür zum Balkon auf, der auf einen mit Gerümpel vollgestellten Müllplatz ging, mit Blick auf die Kaschemme gegenüber, aus der die halbe Nacht Lärm herüberwogte. Ehe ich sie aufhalten konnte, war sie draußen und lehnte an der Balkonbrüstung.

»Heide! Nein!«, rief ich.

Doch sie war nur hinausgerannt, um sich über das Geländer zu beugen und alles von sich zu geben, wie auch ich es gern getan hätte. Ich stand nur da und sah abwechselnd auf sie und den Fleischberg auf dem Boden, vor dem wir eben noch wie zur Anbetung gekniet hatten.

Schließlich wandte ich mich ab und ging um Fanny herum quer durchs Zimmer auf den Kühlschrank zu. Schummriges kaltes Licht lag wenig später auf meinem Gesicht.

»Was machst du denn da?«, hörte ich hinter mir Heides Stimme.

»Fanny hat gesagt, sieh in den Kühlschrank, falls mir irgendwas passiert«, antwortete ich mit steifen Lippen.

Natürlich war nichts Besonderes drin, nur das Übliche. Vergeblich versuchte ich zu finden, was Fanny gemeint haben könnte. Wonach suche ich eigentlich? Ist eine von diesen Tüten oder Büchsen die Antwort? Beinahe hätte ich alles mit einem Schwung auf den Boden geschleudert; ich musste meine Hand auf halbem Weg bremsen. Mit einem wütenden Fluch warf ich stattdessen die Kühlschranktür zu.

Irgendwer muss die Polizei anrufen, ging es mir durch den Kopf. Heide hing wieder draußen über der Brüstung.

Um sechs Uhr morgens war alles vorbei, die Polizei war dagewesen, hatte Namen notiert und Zeugen vernommen, das ganze Mietshaus war auf den Beinen, wie nach einem Feueralarm.

Als ich endlich auf die Straße trat, stand immer noch der Leichenwagen da, und die Männer vom Bestattungsinstitut schienen zu überlegen, wie sie Fanny die Treppe herunter aus dem Haus kriegen können. Schließlich rückten ein paar Polizisten mit einer größeren Tragbahre an, zu sechst wuchteten sie ihn in einen schwarz lackierten Wagen.

Für mich war es eine Qual, ihn die ganze Zeit allein in der Dunkelheit zu lassen, aber mir wurde nicht erlaubt, dort oben bei ihm zu bleiben, obwohl es für die Polizei ein natürlicher Todesfall zu sein schien.

Heide Waldschmidt lag zusammengerollt auf dem Rücksitz ihres Wagens und starrte ins Leere. »Setz dich ans Steuer und bring mich nach Hause«, sagte sie, als ich die Beifahrertür aufmachte.

Um sieben Uhr morgens erreichten wir Niewetow, blickten hinüber auf den Strom und auf die Kanäle, die grüne Algenschicht auf der Oberfläche, kamen an den versunkenen Bauwagen vorüber und beobachteten ein paar Möwen, die sich in den Dunst emporschwangen. Die Sonne brach noch immer nicht durch, und die Brandung in der Ferne klang wie gedämpftes Trommeln. Wir verabschiedeten uns am Rand des halb abgerissenen Piers. Im Schritttempo rollte Heides Volvo davon, ihrem selbstgewählten Versteck hinter den Kiefern entgegen, während ich einfach dem Lärm der Maschinen folgte.

Schon von weitem sah ich die alten Männer aus der Fahrradwerkstatt am Rand des geräumten Werftgeländes stehen. Ich hatte sie seit dem Tag, an dem ihr Freund Schmitt verschwunden war, nicht mehr gesehen.

Ich beobachtete, wie sie dem Verschwinden zusahen, und ich konnte spüren, wie in ihnen etwas zusammenstürzte. Ihre einzige Bewegung war ein Herumkauen auf dem Zahnfleisch, unterbrochen von röchelndem Hüsteln, so als würden sie jeden Moment irgendeinen stinkenden Saft hervorwürgen. Ihre Arme hingen herab, und ihre Hände zuckten. Sie wussten, dass, wenn die Werft erst einmal weg war, es nur eine Frage der Zeit sein konnte, bis die Teermaschinen kamen und die Gleise asphaltierten, so dass endlich auch der letzte sichtbare Beweis für die Arbeitswelt, aus der sie stammten, verschwunden sein würde. Ich an ihrer Stelle hätte mich an diesem Morgen in die Berge aufgemacht oder an irgendeinen anderen erholsamen oder abgelegenen Ort, aber ich war keiner von ihnen, ich war ein halbes Jahrhundert jünger, und meine Knochen schmerzten nicht jedes Mal, wenn die großen Zangen dort draußen mit einem mächtigen Biss eine Lücke rissen.

Ich ging zu ihnen und blieb zwischen zweien von ihnen stehen, um irgendetwas Tröstendes zu sagen, aber ich brachte nur einen tiefen Seufzer hervor. Es war eine Sprache, die sie verstanden. Sie hörten mein Seufzen, warteten eine Weile und nickten.

Edgar Krummnow schien mich schon erwartet zu haben.

»Ich hab's gerade gehört von einem Kollegen auf dem Festland. Tut mir leid, Junge, ich weiß, Sie sind gute Freunde gewesen. Haben Sie Ihre Liste dabei?«

Wir standen in Krummnows Wohnzimmer. Ich fand die Liste zerknautscht in meiner Jackentasche und reichte sie ihm.

»Wieso interessiert Sie das auf einmal?«

»Vielleicht haben Sie mich neugierig gemacht.«

Er setzte sich und begann zu lesen.

Alter Mann im Bauwagen: ermordet, Tatwaffe fraglich.

Frau aus der Zoohandlung: zu Tode erschreckt.

Punkerpit: wahrscheinlich im Gefängnis.

Tony: in der Badewanne ertrunken.

Sergej: an Alkoholvergiftung gestorben.

Fanny: erstickt.

Potenzielle Opfer:

Der blinde Carlos.

H.-J. Renke, der dubiose Psychologe.

Jochen Hopf.

Heide Waldschmidt.

~~Herr Woschniak~~.

Und ich.

Krummnow drehte die Liste hin und her, starrte darauf und las die Namen ein weiteres Mal.

»Wieso stehe ich nicht drauf?«

»All diese Leute haben irgendwas Kaputtes an sich. Sie nicht. Sie werden immer wieder von allein auf die Beine kommen.«

»Wieso haben Sie eigentlich sich selbst auf die Liste gesetzt?«

»Ich hab einfach höllische Angst.«

22

Krummnow nahm sich für Fannys Beerdigung einige Stunden frei, mit seinem Wagen fuhren wir zu dem alten Friedhof auf einen Hügel, von dem aus man in der Ferne das Meer sehen konnte. Ich staunte über die vielen parkenden Autos und noch mehr über all die Blumen, die am offenen Grab abgelegt wurden. Es müssen wohl hundert Trauergäste gewesen sein und über tausend Blumen.

»Wahnsinn«, stieß Krummnow hervor. »Schau mal, wer da drüben steht.«

Er hatte einen Fernsehstar seiner Jugend entdeckt, und es sollte nicht der einzige bleiben.

»Warum hast du mir nicht erzählt, dass dein Freund Fanny so viele bedeutende Leute kennt?«

»Warum hat Fanny mir nie davon erzählt?«, fragte ich zurück.

Fasziniert blickte ich dann in all die um die Blumen versammelten Gesichter. Krummnow ebenso.

»Glauben Sie, er ist auch hier?«, fragte er leise.

»Wer?«

»Der, von dem Sie annehmen, dass er Fanny das angetan hat.«

»Vielleicht könnte ich ihn ja an der Stimme wiedererkennen.«

»Und dann?«, fragte Krummnow. »Soll ich ihn verhaften, weil er vor ein paar Tagen betrunken Fähre gefahren ist?«

Die Enttäuschung muss mir im Gesicht gestanden haben.

»Wollte Ihnen wirklich nicht die Stimmung verderben«, versuchte er mich zu besänftigen.

»Freunde«, begann jemand laut, und die Menge verstummte.

Er und noch ein paar andere nach ihm ergriffen für jeweils einige Minuten das Wort, und ehrlicher Schmerz schien aus allen zu sprechen.

Plötzlich berührte mich jemand leicht am Ellenbogen. Ich wandte mich um und traute meinen Augen nicht.

»Carlos, wie kommst du hierher? Geht es dir besser? Wie hast du mich gefunden unter all diesen Leuten?«

»Du bist der Einzige hier ohne Deo. Und mit Pfefferminzkaugummi.«

Eine Elster hüpfte zwischen den Gräbern umher. Gleich darauf schoss ein Eichelhäher über unsere Köpfe hinweg.

»Alte Socke«, sagte Carlos ganz ruhig.

Ich wartete einen Moment und fragte dann flüsternd: »Alte Socke?«

»Auf der Straße vorm Haus«, flüsterte Carlos zurück. Er blickte empor zum Himmel, den er nicht sehen konnte, und sagte aus dem Mundwinkel: »Im Hausflur. Vor meiner Wohnung. Vor Fannys Wohnung. Der Geruch. Er. Das war er.«

Er verstummte, nickte.

»Alte Socke.«

Meine Nasenflügel bebten, meine Augen tränten.

»Wann war das, Carlos?«, flüsterte ich.

»In der Nacht, als Fanny uns verlassen hat.«

»Pst«, zischte jemand hinter uns.

Carlos schwieg eine Weile. Dann fuhr er fort: »Dieser Geruch hing schon einige Nächte lang im Hausflur, aber allmählich ist er heftiger geworden, vielleicht, weil das Scheusal immer öfter da war. Und er war es auch, der mir das Bein gestellt hat, das weiß ich jetzt. Da bin ich mir nämlich ganz sicher. Er kommt bestimmt wieder. Man sollte meinen, er hat genug, oder? Aber er ist unersättlich, glaub mir. Er lebt davon, anderen wehzutun. Meint, dass er den guten alten Carlos auch bekommt, genauso wie die anderen. Aber ich stolpere nicht noch mal.«

Krummnow hörte ihm interessiert zu.

»Wenn Alte Socke wiederkommt?«

»Melde ich mich bei Ihnen, versprochen. Er treibt sich weiterhin im Haus herum. Hab ihn an Fannys Tür erwischt, obwohl die Polizei sie versiegelt hatte. Er hat dran rumgefummelt, und ich hab ihn angebrüllt, dass er davongerannt ist. Er ist nämlich ein Feigling, ganz gewiss. Hat keine Waffe, streckt nur sein Bein aus, so dass ein Blinder sich auf der Treppe das Genick bricht. Alte Socke hau ab, hab ich gebrüllt. Aber ich fürchte, er kommt wieder.«

»Rufen Sie mich an«, sagte Krummnow. »Können wir Sie irgendwohin mitnehmen?«

»Ein paar Damen aus unserem Haus haben mich hergebracht, die bringen mich auch wieder nach Hause, hoff ich.«

»Carlos.«

Ich streckte ihm die Hand hin. Er griff sofort danach. Es schien, als hätte er sie kommen sehen.

»Wie rieche ich eigentlich, Carlos?«

Er sog die Luft ein und lachte.

»Ihr neuen Helden riecht anders als die alten. Aber du bist okay.«

In den nächsten Tagen versuchte ich immer wieder vergeblich, Heide Waldschmidt anzurufen. Auf eine vertrackte Weise steckte ich wohl für sie mit dem Kerl, der in Hausfluren lauerte und den Leuten schreckliche Dinge antat, unter einer Decke.

Ich versuchte, in Toronto anzurufen, aber Kat meldete sich nicht.

Also strich ich durch Niewetow, äugend, lauschend und schnüffelnd in der Hoffnung, die schreckliche Stimme zu hören oder den Geruch von etwas aufzuspüren, was stirbt oder lange schon tot ist.

Nach ein paar Tagen ging ich gegen zehn Uhr abends den leeren Pier entlang, ohne zu wissen, wo es mich hintrieb, bis ich dort war. »Hallo«, sagte eine müde Stimme hinter dem Tresen des Spielsalons. Ich war der einzige Gast.

Ich ließ mich in den Sitz hinter einer der Spielkonsolen fallen und begann meine wilde Jagd auf die imaginären Gegner auf dem Bildschirm.

Peng, peng. Und noch mal peng, peng. Mechanische Schreie ertönten.

Ich hatte nicht ein Einziges der Ziele getroffen; ich hatte dieses Spiel noch nie zuvor gespielt. Ich wusste nicht, wann ich abdrücken musste, aber ich tat es, wieder und wieder.

»Das ist für dich, du Scheusal; und das auch, Arschloch!«

Peng, peng, peng.

Die Zeit war abgelaufen, doch ich drückte immer wieder ab, bis mir klarwurde, dass nichts mehr passierte. Jemand nahm mir die Konsole aus der Hand. Die Frau musste ungefähr in meinem Alter sein, wirkte aber um Jahre älter.

Ich sah mich um.

»Wieso haben Sie überhaupt noch auf?«

Ich saß auf der einen Seite des Tresens, sie auf der anderen und hörte sich an, was ich über Kat und Toronto erzählte.

»Mein halbes Leben«, begann sie dann, »besteht aus Männern, die sich bei mir ausheulen, von andern Weibern erzählen, sich eine anzünden und mit dem Auto davonfahren, sobald ich mal aufs Klo muss. Weißt du, wie ich in Wirklichkeit heiße? Lukrezia Isabella Marilyn Konstanze Ochs. Die Namen hat mir meine Mutter verpasst, und sie scheinen das einzig Interessante an mir zu sein. Länger als zehn Minuten hat es noch keiner bei mir ausgehalten. Ich rede zu viel, oder?«

»Ach was«, sagte ich freundlich.

Das Telefon klingelte. Sie hob ab, hörte zu und sagte dann: »Das darf doch nicht wahr sein.« Sie hielt mir den Hörer hin: »Für dich.«

»Was machst du denn im Spielsalon?«, fragte Heide Waldschmidt am anderen Ende.

»Woher weißt du, dass ich hier bin?«

»Ein Anruf. Eine seltsame Stimme. Meinte, ich soll nachfragen, ob du dort bist, und hat aufgelegt.«

»Nein.«

Mir wurde kalt.

»Kannst du herkommen?«, fragte Heide. »Ich fürchte, unser merkwürdiger Freund hat mich besucht. Unten am Strand, zwei Nächte nacheinander.«

»Heide?«

Es folgte ein längeres Schweigen, in dem ich die Brandung draußen vor ihrem Fenster hören konnte. Dann sagte sie seltsam ungerührt: »Jetzt ist er da.«

»Mach das Licht aus und pass auf, dass er dich nicht sieht.«

»Der Mistkerl steht unten am Strand, genau wie gestern Nacht. Er schaut hierher, als ob er auf irgendwas wartet, weiter nichts. Das Schwein ist splitternackt. Ob er wohl meint, ich komm zu ihm raus?«

»Mach einfach die Fenster zu, Heide, und ruf die Polizei.«

»Jetzt ist er weg.«

Heide atmete hörbar durch.

»Komm her, Junge, so schnell du kannst.«

Sie legte nicht auf. Sie legte den Hörer hin und ging, ich konnte ihre Latschen auf den Fliesen klappern hören.

Ohne darüber nachzudenken, ließ ich ebenfalls den Hörer fallen, so als wäre die Telefonleitung eine Nabelschnur, die mich mit Heide Waldschmidt verband; solange ich die Verbindung nicht unterbrach, konnte ihr nichts passieren.

Immer noch hörte ich die nächtliche Brandung am anderen Ende.

»Genau wie die andern. Jetzt gehst du auch«, sagte eine Stimme hinter mir.

»Leg bitte den Hörer nicht auf«, bat ich sie. Nicht, bevor ich das andere Ende der Leitung erreicht habe, um ein Leben zu retten, dachte ich.

»Hau bloß ab«, stöhnte Conny Ochs, »und lass dich hier nie wieder blicken.«

Ich nahm meinen ganzen Mut zusammen und rannte den nächtlichen Strand entlang zu Heide Waldschmidts Bungalow. Unablässig sah ich entstellte Leichen im Sand vor mir liegen.

»Ah«, schrie ich auf, als ich in vollem Lauf gegen einen Schatten prallte, der sich nicht auflöste.

»Gott sei Dank, dass du's bist«, sagte der Schatten mit Heides Stimme.

Wie zwei Kinder im nächtlichen Wald liefen wir ihrem Bungalow entgegen.

Ich blickte durch die Terrassentür hinaus auf den leeren Strand hinter den Kiefern, wo nur die weiße Gischt die Nacht zu beleben schien. »Meinst du wirklich, er ruft dich an, um dir zu sagen, dass ich im Spielsalon bin, und stellt sich dann da draußen nackt auf?«

»Nein, die Stimme hat nicht gepasst. Es müssen zwei sein. Der eine, nackte, scheint ein Exhibitionist zu sein. Er kommt nie näher, er bleibt da draußen stehen. Der andere, der am Telefon, jagt mir jedes Mal einen kalten Schauer über den Rücken. Er klingt wie ein Ungeheuer.«

Ich war kurz davor gewesen, ihr zu gestehen, dass ich den Nackten schon bei meinem ersten Besuch am Strand vor ihrem Haus gesehen hatte.

»Ich glaub, ich weiß, wer der Nackte am Strand ist.«

Sie starrte hinaus in die Dunkelheit, als wollte sie dort am Strand einen Geist heraufbeschwören.

»Ein Schweinehund aus meiner Vergangenheit, mit dem Schädel eines deutschen Offiziers«, sagte sie leise, »und einem Körper wie Apoll persönlich.«

23

Auf dem Motorrad, das vor dem Wohnblock hielt, saß ein Schwerathlet im ärmellosen Shirt; er trug einen schweren Helm mit dunklem Visier und Kinnschutz, der den gesamten Kopf bedeckte; Schultern und Oberarme des Mannes wirkten furchteinflößend auf mich.

Breitbeinig stand er über seinem Motorrad und starrte mich durch das getönte Visier an. »Sie wollen den alten Mann sehn?« Ein kehliges Lachen kam hinter der Plastikscheibe hervor. »Dann kommen Sie.«

Er bockte das Motorrad auf und sprang vor mir ins Haus und katzengleich die Treppe hinauf, nahm zwei Stufen auf einmal und verschwand hinter der Tür einer Wohnung.

Ich folgte ihm langsam, Stufe für Stufe, und oben war ich außer Atem.

Als ich bei ihm eintrat, hörte ich die Dusche rauschen. Gleich darauf erschien er, ein Handtuch um die Hüften und den Oberkörper mit winzigen Tropfen bedeckt, den Helm immer noch oder schon wieder auf dem Kopf. Er stand in der Badezimmertür und schaute mich an, wie er sonst wohl in einen Spiegel blickte, und was er sah, schien ihm zu gefallen.

»Na, wie gefällt Ihnen dieser junge Mann?«, fragte er unter dem Helm.

Ich wurde rot. Er nahm den Helm ab.

»Der alte Mann oder der junge«, Jochen Hopf blickte an seinem Körper hinab, »wer von uns ist Ihnen lieber?«

Ich schluckte trocken. Ich musste mich zwingen, schnell

zu sprechen, denn ich wollte lieber fliehen, bevor er die Tür schloss und mich in seiner Wohnung festhielt.

»Hängt davon ab, wer von Ihnen mitten in der Nacht am Strand Damen belästigt.«

»Wie kommen Sie darauf, dass ich mich für Frauen interessiere?«, fragte er und wickelte sich gleichzeitig aus dem Handtuch, um sich Schultern und Brustkorb damit abzureiben.

»Heide Waldschmidt war einmal Ihre große Liebe, oder?«

Er sah mich an, versuchte festzustellen, ob auf meinem Gesicht dieselbe Ironie lag wie in meiner Stimme.

»Hat Heide Sie hergeschickt, um mich zu verwarnen?«

»Vielleicht.«

»Wie viele Liegestütze machen Sie? Kraulen Sie sechzig Bahnen im großen Becken, oder fahren Sie hundert Kilometer Rad, ohne ins Schwitzen zu kommen? Was stemmen Sie an Gewicht und wie oft? Und wie viele schaffen Sie im Bett in einer Nacht?«

»Weiß nicht, nein, nein, keine Ahnung und höchstens zwei, um alle Ihre Fragen zu beantworten.«

»Dann sollten Sie es sich genau überlegen, ob Sie mir drohen. Ich geh an den Strand, wann es mir passt.«

Er warf mir das Handtuch zu. Ich fing es auf.

»Trocknen Sie mir bitte den Rücken ab.«

Ich schleuderte das Tuch von mir. Es fiel auf seinen Kopf, hing ihm übers Gesicht. Er war jetzt wieder ganz Körper.

»Das Gespräch ist beendet«, verkündete er ruhig unter dem Handtuch hervor.

Als ich auf dem Heimweg am Kino vorüberlief, fielen mir die leeren Schaukästen auf, sämtliche Plakate waren entfernt worden.

Im Hof probierte ich sämtliche Türen, sie waren alle versperrt. Zerknirscht betrachtete ich ein letztes Mal mein Gesicht im Glas des leeren Kastens, als mich jemand von der Seite ansprach: »Wie gefällt Ihnen unser neues Programm?«

Woschniak stand da und strahlte mich an. Feierlich reichte er mir eine dicke Rolle Kinoplakate, wie eine Art Diplom des Filmverleihs.

»Aber Herr Woschniak, warum ausgerechnet für mich?«

»Sie haben es sich verdient, oder etwa nicht? Nehmen Sie nur. Ein Abschiedsgeschenk. Da draußen wartet noch etwas, kommen Sie nur.«

Er ließ mir die Plakate und trottete davon.

Er ging bis zum Ende des Piers, deutete ins Wasser und beobachtete mich dabei, wie ich beim Hinunterschauen das Gesicht verzog und mich an das Geländer klammerte.

Da unten lag seine Leuchtreklame, zum ersten Mal seit langem erloschen. Sie lag auf dem Boden des Stroms, etwa drei Meter unter der Wasseroberfläche, aber man konnte den verschnörkelten Schriftzug »Lichtburg« zwischen den Fischen gut erkennen, weil gerade die Sonne durchbrach.

»Wenn das kein Abschied ist.«

Woschniak sah mit mir hinab.

»Conny vom Spielsalon, sie hat es wirklich getan. Dabei war es nur als Scherz gemeint, als ich gesagt hab: Alles für die Fische. Sie hat einfach gewartet, bis ich das Ding abmontiert hab, und schwupps, hat sie's übers Geländer gewuchtet. Es wird nicht lange da liegen, meinte sie. Ein paar dumme Jungs werden runtertauchen und sie hochholen. Was sollte ich sagen? Konnte ihr nur zustimmen.«

24

In der Nacht hatte ich zwei Träume.

Im ersten wurde Renkes Kartenhaus von dem hungrigen Bagger in Trümmer gelegt, und auf den Wogen trieben die Werke von Lenin und Stalin davon und verschwanden im Strom direkt über der grell am Grund aufleuchtenden Kinoreklame.

Der zweite Traum war eine alte Wochenschau, in der Franz Kafka, Karl Marx und Sigmund Freud vor einem Graben aufgereiht standen, und als sie gestoßen wurden, fielen sie aufrecht wie Schaufensterpuppen in die Grube, hüpften wieder heraus, wurden erneut hineingestoßen und flogen schließlich wie Sektkorken im Bogen wieder empor. Es war irrsinnig komisch.

Trotzdem wachte ich in kalten Schweiß gebadet auf, die Haare standen mir zu Berge.

Ich zog mich an, lief hinunter zum Strand und sah Heide Waldschmidts Bungalow, alle Fenster waren hell erleuchtet. Unwillkürlich fing ich an zu rennen.

Sämtliche Lichter brannten, die Türen standen weit offen, als wollte sie die Nacht, den Wind, das Meer einladen, allen Unrat hinauszufegen, während sie weg war. Ich brauchte nicht mal hineinzugehen, um das festzustellen, denn direkt vor mir führte ihre Fußspur ins Wasser. Ich blieb stehen und starrte hinab auf ihre Spuren, die hineinführten, aber nicht wieder heraus.

Ich ging hinauf zur offenen Terrassentür, rief nicht nach ihr und trat ins Haus, ohne etwas zu berühren. Im Wohnzimmer lief der Plattenspieler, Nina Simone, »My Baby Don't Care For Me«, auf Dauerbetrieb gestellt. Ich ließ die Musik laufen. Der Fernsehbildschirm war ein weißes Flimmern. Ich dachte nicht daran, ihn abzuschalten. Eine Flasche Chardonnay wartete eisgekühlt, als käme

Heide jeden Moment zurück. Der Volvo stand in der Garage, und die Fußspuren, die nur in eine Richtung führten, waren immer noch im Sand. Ich rief Krummnow an und wunderte mich, dass ich nicht gleich losheulte.

Wir trafen uns am Strand und blickten hinauf zu dem zweigeschossigen Bau, der hell erleuchtet dastand wie ein Festzelt in der Wüste. Die Tür, die auf den Strand hinausführte, stand immer noch offen, und drinnen ertönte immer noch dieselbe Platte mir demselben heiter-melancholischen Song.

Als wir an der Terrassentür ankamen, ließ ich ihn allein hineingehen.

»Wo ist der Chauffeur?«, fragte er mich, als er wieder herauskam.

»Sie hat nie einen gehabt.«

»Was?«

Ich erzählte ihm von ihrer verrückten Leidenschaft für Rollenspiele.

»Sonst noch was, das ich wissen müsste?«

Von der zugigen Terrasse aus betrachteten wir die Fußspuren, die der Wind langsam verwehte.

»Das würde Heide nie tun«, dachte ich laut. Krummnow verstand.

»Nur weil man jemanden mag, heißt das noch lange nicht, dass er nicht Schluss macht, ohne einen vorher zu fragen.«

»Es hat jemand am Strand gestanden und auf sie gewartet.«

Wir folgten ihrer Spur zum Wasser hinunter.

»Er hat dort drüben gestanden.«

Ich zeigte ihm, wo.

»Vor zwei Nächten. Ich hab ihn gesehen.«

»Knöcheltief im Wasser? Also keine Spuren.«

Krummnow sah auf die weißen Wellenkämme, senkte den Blick dann zu den Fußspuren, hob ihn schließlich zum Haus empor, das kalt und hell und leer dort mitten in der Nacht stand.

»Anrufe und Fußspuren unter Wasser, blinde Ahnungen. Haben Sie sonst noch was für mich?«

»Ich weiß, wer es war, Heide hat ihn erkannt: Jochen Hopf. Ich bin bei ihm gewesen. Finden Sie raus, wo er heute Nacht war, und Sie haben den Mörder, Sie ...«

Meine Stimme überschlug sich.

»Woher wissen Sie, dass dieser Kerl nicht mit ihr ins Wasser gegangen ist?«

»Um sie zu ertränken?«

»Eine Runde mit ihr zu schwimmen und nett zu plaudern; dann sind sie ein Stück nach Norden geschwommen und zu ihm gegangen. Im Morgengrauen wird sie mit einem Lächeln auf den Lippen wieder nach Hause kommen.«

»Ganz sicher nicht«, knurrte ich.

Aber er bemerkte meine Unsicherheit. Er berührte mich am Ellenbogen.

»Vielleicht hat sie's mit der Angst zu tun gekriegt und hat hier alles stehen- und liegenlassen.«

»Ihr Wagen ist noch da.«

»Man kann auch mit der Fähre die Insel verlassen, bis zur Anlegestelle ist es ein Katzensprung. Vielleicht ist sie einfach im Wasser ein paar hundert Meter nach Süden gegangen, und wir stehen hier rum wie die Idioten.«

Ich blickte nach Süden in der Hoffnung, eine Frau am Strand entlang davonlaufen zu sehen.

»Tatsache ist«, stellte Krummnow fest, »wir haben nichts in der Hand. Alte Platten drehen sich auf dem Plattenteller. Kein Abschiedsbrief. Keinerlei Anzeichen von Gewalt. Wir müssen warten, bis sie wieder auftaucht. Und wenn sie's nicht tut, haben wir immer noch keinen Fall, kein Corpus Delicti.«

»Kommen Sie morgen mit zu den Neubaublocks. Wenn Sie das Gesicht von Hopf sehen ...«

»Ich glaub, ich weiß jetzt, wen Sie meinen. Diesen Offizier«, sagte Krummnow, »diesen Sportidioten?«

Plötzlich plumpste etwas ins Wasser. Wir fuhren beide herum.

»Was war das?«, rief Krummnow, den Blick hinaus auf die nächtlichen Fluten gerichtet.

Heide, dachte ich, sie kommt endlich zurück. Ich spähte angestrengt hinaus und sagte schließlich ernüchtert: »Irgendein Fisch auf der Jagd.«

Wir hörten es noch ein paarmal plumpsen und platschen, immer leiser, bis das Tier schließlich in der Dunkelheit verschwunden war.

»Verdammt noch mal«, fluchte Krummnow.

Der Morgenwind verwehte Heide Waldschmidts Spuren im Sand.

Den Strand entlang kam Woschniak, mit Filmdosen bepackt, den angsterfüllten Blick über die Schulter schräg nach hinten gerichtet, dorthin, woher der erste Lärm der Bagger kam.

Als er Krummnow und mich vor Heide Waldschmidts Haus stehen sah, blickte er zuerst erstaunt in unsere Gesichter, dann in den Sand und schließlich hinaus aufs Meer. So blass, wie wir waren, war jede Erklärung überflüssig.

»Sie wird zurückkommen«, wiederholte er ein ums andere Mal, »sie kommt wieder. Heide würde niemals so einfach abhaun, mit wem sollte ich sonst meine Filme ansehen?«

Wir überließen es ihm, sich um den leeren Bungalow zu kümmern. Auf einen wiederholten Vorschlag, Herrn Oberstleutnant a.D. Hopf ein paar Fragen zu stellen, reagierte Krummnow mit einem Wutausbruch.

»In ein, zwei Tagen vielleicht. Falls die dämliche Alte bis dahin nicht wieder aufgetaucht ist. Dann fang ich an, irgendwem Fragen zu stelln. Aber jetzt? Glauben Sie, ich hab nichts zu tun?«

Er ließ mich, ohne den Motor abzustellen, vor meiner Tür aussteigen und brauste grußlos davon.

In der Pension fand ich einen Brief aus Toronto. Darin war ein Foto von Kat. Sie hatte ihre Augen mit grüner Tinte ausgemalt.

Außerdem war da eine Postkarte von Karl mit einer spanischen Briefmarke, abgestempelt auf La Palma.

»Hallo, mein Lieber«, las ich da, »ist deine Schreibmaschine auch immer gut gestimmt? Ich quäle hier ein paar Stunden am Tag die Leute in einer Bodega. Die Stadt ist voller Touristen, denen kann man wirklich alles anbieten. Die wissen gar nicht, was für ein Glück sie mit mir haben. Gestern hab ich dem hiesigen Sheriff die Haare geschnitten. Er hat mir vierundzwanzig Stunden Zeit gegeben, um die Insel zu verlassen. Morgen mache ich mich auf nach La Gomera. Mach's gut. Karl.«

Ich drehte die Karte um und blickte auf das Foto einer riesigen Echse mit schwarzem Schuppenpanzer und weit offenem Maul. Daneben hatte Karl stümperhaft sich selbst gezeichnet, wie er dasaß und dem Tier in den Rachen griff.

Ich lachte und ging Richtung Pier. Dann würde ich Hopf eben selbst befragen. Nur wie?

»Oberstleutnant Hopf«, rief ich, »wie und warum haben Sie Heide Waldschmidt umgebracht?«

Ein entgegenkommender Radfahrer wich mir ängstlich aus.

Hopfs Wohnungstür war nur angelehnt. Die Fetzen eines zerrissenen Blattes flatterten umher in dem Luftzug, der zwischen dem Inneren der Wohnung und einem offenen Flurfenster ging. Eine Reißzwecke lag unter den Papierfetzen am Boden. Offenbar hatte jemand die Nachricht an den Türrahmen geheftet, und jemand anders, vermutlich Hopf, hatte sie gelesen und zerrissen.

Ich sammelte die herumwirbelnden Schnipsel auf und versuchte, sie zusammenzusetzen. Einige Teile fehlten, aber im Wesentlichen stand da, dass der Adressat ein hässlicher alter Mann sei, so hässlich, dass nur noch er selbst seinen Körper lieben konnte, denn wer sonst hätte ihn schon gewollt; jahrelang war da niemand gewesen. Dann wurde daran erinnert, wie man ihn 1990 beurlaubt hatte, ihn wegen seiner Nähe zum alten Regime und seines Privatlebens, seiner seltsamen männlichen Begleiter und zwielichtigen Damenbekanntschaften für untragbar gehalten hatte. »In sämtlichen Schwulenbars der Küste kennt dich jeder Stricher, und alle lachen sie über dich. Doch jetzt hast du den Tod eines Menschen verschuldet. Ich hab dich gestern Nacht am Strand gesehen, als sie hinausgeschwommen und nicht zurückgekommen ist. Die Leute werden es Mord nennen. Gute Nacht, mein süßer Prinz.«

Das war's. Eine furchtbare Waffe, die ihr Opfer getroffen hatte. Als ich die Papierschnipsel eingesteckt hatte, verspürte ich das Bedürfnis, mir die Hände zu waschen.

Die Tür zu Jochen Hopfs Zimmer glitt unter meiner Hand mit einem Quietschen auf. Kleidungsstücke lagen zerstreut am Fußboden und neben Koffern, als sei jemand während des Packens in Panik geraten und schließlich ohne Gepäck fortgegangen. Ich blickte aus dem Fenster. Unten stand sein Fahrrad, an einen Laternenpfahl geschlossen. Sein Motorrad war nicht da, aber was bewies das schon, er konnte zum Strand gefahren sein.

Ich leerte einen kleinen Papierkorb auf den Schreibtisch im Arbeitszimmer und fand einige Fetzen Briefpapier mit den Initialen H.W. am oberen Rand. Darauf stand maschinegeschrieben: »Mitternacht. Warte sechs Nächte am Strand. Vielleicht wie in alten Zeiten.« Und ihre getippten Initialen.

Ich berührte die Schnipsel und fragte mich, ob das wirklich von Heide stammte. Nein, das hätte sie mir erzählt, jemand anders musste vorige Woche an Hopf geschrieben haben, und er war daraufhin den Strand entlang zu ihrem Haus gelaufen, um in der Brandung darauf zu warten, dass

Heide bereitwillig herbeigeeilt kommt. Hatte er sie schließlich aus Enttäuschung ins Wasser geschleppt und ertränkt? Nein. Er musste stattdessen gesehen haben, wie sie hineinlief und nicht mehr herauskam. Er kriegte es mit der Angst zu tun, rannte nach Hause und …

Ich sah zum Telefon und seufzte. Es würde keinen Sinn haben, Krummnow anzurufen, es gab kein Corpus Delicti, nur den zerrissenen Brief, der in meiner Jackentasche steckte. Wenn man alle Waffen dieser Welt vernichten würde, dachte ich, würde das Böse immer noch Briefe schreiben, die töten.

Ich sah eine kleine Flasche Kölnisch Wasser neben dem Telefon stehen und nahm sie an mich, dachte dabei an den blinden Carlos und seine feine Nase.

25

Da es keine Leiche gab, fand auch keine Beerdigung statt, sondern nur eine Art private Gedenkfeier für Heide Waldschmidt, offensichtlich organisiert von einigen ihrer Fans, die damit ihrer Forderung Nachdruck verleihen wollten, die Suche nach ihrem Idol zu intensivieren. Zwei Kamerateams und ein paar Handvoll Passanten zertrampelten den Sandstrand vor Heides Bungalow.

Ich stand ein Stück abseits von der Menge und sah zu, wie jemand ein elektrisches Klavier zu der Stelle schleppte, wo eigentlich ein Stuhl hätte stehen sollen, den man anscheinend vergessen hatte, so dass die Dame, die die Tasten bearbeitete, dies im Stehen tun musste. Auf ihrer Stirn glitzerten salzige Perlen, und mit dem Kopf gab sie die Einsätze für den Kammerchor, über dem, auf der Suche nach Futter, Möwen auf- und abschwebten. Groteske Gestalten, eine nach der anderen, wankten zum Wasser, um verwelkte Blumensträuße ins Meer zu schleudern.

Mein Gott, Heide, dachte ich, warum steigst du nicht

jetzt aus der Brandung und machst dieser lächerlichen Veranstaltung ein Ende. Doch das Einzige, was an den Strand trieb, waren die Blumen, die das Meer nicht haben wollte.

Ich lief im Regen den Strand entlang, bis ich in Höhe vom Krummnows Behausung ins Inselinnere abbog.

Eine Weile stand ich unschlüssig vor seiner Tür, ich musste eine Weile klopfen, bis er endlich öffnete.

Er machte einen aufgeräumten Eindruck. Ich wühlte in meinen Taschen und zog die Teile des Briefes hervor, der Hopf in Angst und Schrecken versetzt, und den Liebesbrief auf gelbem Papier, der ihn an den Strand gelockt hatte.

Krummnow spielte mit den Schnipseln herum und fiel zurück in seine leicht unterkühlte, skeptische Haltung.

»Auf verschiedenen Maschinen getippt. Beide ohne Unterschrift. Mann, die könnte jeder geschrieben haben. Und wenn dieser Hopf wirklich der Freak ist, für den Sie ihn halten, dann hat er nach dem Lesen des gelben Briefs vielleicht wirklich geglaubt, dass die Waldschmidt ihn geschrieben hat, ja, und dann ist er den Strand entlang zu ihr gerannt und hat wie ein braver Junge darauf gewartet, dass sie rauskommt, um ihm einen zu blasen. Aber wir wissen beide ganz genau, dass sie nie im Leben so etwas geschrieben hätte. Niemals hätte sie irgendwen angebettelt, schon gar nicht auf der Straße oder am Strand. Was wissen wir also überhaupt? Sie ist ständig schwimmen gegangen, zu den unmöglichsten Zeiten. Wann immer ich den Strand entlanggelaufen bin, habe ich sie im Badeanzug gesehen, Tag für Tag. Jeder, selbst ich, hätte sich ins Haus schleichen können, während sie draußen in den Wellen herumplanschte, jeder kann ihre Schreibmaschine und ihr Papier benutzt haben, um sich dann wieder davonzustehlen und Hopf den Brief, das erotische Vorspiel, zukommen zu lassen und abzuwarten, was passiert.«

»Und?«, fragte ich.

»Und vielleicht«, fuhr Krummnow fort, »ging die Sache nach hinten los. Heide Waldschmidt ist, als der vermeintliche Exhibitionist wieder auftauchte, in Panik verfallen, sie wollte fliehen, ist dabei zu weit rausgeschwommen und hat es nicht wieder ans Ufer geschafft. Und als sie nicht zurückkommt, kriegt Hopf, der am Strand wartet, das große Flattern und läuft davon. Am nächsten Tag bekommt er mit dem zweiten Brief den vernichtenden Schlag. Er weiß jetzt, dass ihn jemand am Strand gesehen hat und ihn als Heide Waldschmidts vermeintlichen Mörder anzeigen könnte. Das heißt ...«

»Er ist längst von der Insel verschwunden.«

»Klingt einleuchtend. Aber hinter wem oder was sind wir eigentlich her?«

»Hinter einem Kerl, der den Leuten Angst einjagt, der Django Reinhardts Kopf von Karls altem Foto klaut und Karl damit aus der Stadt scheucht.«

»Gut.«

»Hinter einem Mann, der in dunklen Korridoren herumsteht, einen alten Mann betrunken macht, ihn in einen Bauwagen steckt und der vielleicht noch ein paar alte Fahradschlauchflicken aus den Taschen des Alten zu Hause hat.«

»Gut.«

»Hinter einem Kerl, der eine alte Dame zu Tode erschreckt und Zeitungsseiten vom Boden der Vogelkäfige klaut. Und der, nachdem Fanny zu atmen aufgehört hat, seine Platte mit Miles-Liveaufnahmen zur Erinnerung stiehlt. Und dann schreibt er Briefe an den Oberstleutnant a. D. Hopf und macht ihm solche Angst, dass er erstmal verschwindet. Wahrscheinlich hat er auch aus Hopfs Wohnung irgendwas mitgehen lassen, aber was, werden wir nicht erfahren, genauso wenig, was er sich bei Heide ausgesucht hat, ehe ich dort angekommen bin. Der Kerl kann nämlich nicht anders, diese Alte Socke ...«

Ich zog Hopfs Kölnisch Wasser aus der Tasche und stellte es vor Krummnow auf den Tisch.

»Wer immer der Kerl auch sein mag, Jochen Hopf ist es jedenfalls nicht. Der hat immer sehr gepflegt gerochen.«

26

In dieser Nacht, nach eins, hörte ich Schritte und wie jemand vor meiner Tür stehen blieb.

Oh Gott, dachte ich hellwach, bitte nicht schon wieder.

Jemand klopfte, erst leise, dann lauter. Eine Stimme bat darum, eingelassen zu werden.

Du Feigling, dachte ich, bring's hinter dich. Ich sprang aus dem Bett und riss die Tür weit auf.

»Sexy siehst du aus in deiner ausgebeulten Unterhose«, begrüßte mich Heide Waldschmidt.

»Heide!«

»Wen hattest du erwartet? Zieh dir was über, wir müssen hier weg.«

Als Heide kurz den Motor eines alten Ladas aufheulen ließ, zog ich noch eilig den Reißverschluss meiner Hose zu.

Während der Fahrt über die Insel stöhnte ich in einem fort: »Gott sei Dank, dass du lebst.«

»Hör auf zu heulen und putz dir die Nase.«

Sie grinste die leere Straße vor uns an.

»Mein Gott, hab ich die alle verladen.«

»Aber wieso?«

»Weil dieser verdammte Schweinehund jede Nacht unten am Wasser stand.«

»Du hast ihm also nicht geschrieben? Ich meine, ihn darum gebeten ...«

»Ihn gebeten zu kommen? Ich hätte dich für ein wenig phantasievoller gehalten.«

Sie brachte den Wagen hinter ihrem Bungalow zum Stehen, zündete sich eine Zigarette an, blies den Rauch aus dem Fenster und blickte versonnen hinterher.

»Niemand zu sehen?«

»Er wird heute Nacht nicht kommen, Heide.«

»Ich wusste, es war Jochen Hopf. Deshalb hab ich beschlossen, die Sache selbst in die Hand zu nehmen. Ich hab das Nötigste in mein Bootshaus auf dem Festland gebracht und den alten Lada zweihundert Meter die Straße runter in einem Waldweg geparkt. Dann bin ich wieder hergekommen.«

Sie sprang aus dem Wagen und ging mir voran zum Hintereingang des Bungalows.

»Ich hab alle Lichter angemacht, Musik eingeschaltet, Fenster und Türen weit aufgerissen, und als er dann endlich aufgetaucht ist, bin ich schreiend zum Wasser hinuntergerannt und bin hineingesprungen. Er war so verblüfft, dass er mir nicht gefolgt ist, oder vielleicht nur ein kleines Stück, und dann aufgegeben hat. Ich bin zweihundert Meter rausgeschwommen und hab mich dann treiben lassen. Ich hab gesehen, wie er irgendwann, nach einer halben Stunde, davongerannt ist, als wär der Teufel hinter ihm her. Dann bin ich zum Wagen, hab mich umgezogen und bin zu meinem Bootshaus gefahren. Seitdem hab ich mich dort verborgen gehalten. Tut mir leid, dass du dir meinetwegen Sorgen gemacht hast.«

Sie sperrte die Tür auf, und wir gingen durchs Haus und öffneten die Fenster, so dass der Wind durchs Haus strich und die Vorhänge blähte.

»Du lieber Himmel, wer wohnt hier eigentlich?«, dachte sie laut vor sich hin. »Ich komm mir vor wie mein eigener Geist. Das alles gehört mir nicht mehr. Kennst du das Gefühl, wenn man von einer Reise heimkehrt und einen die Möbel vorwurfsvoll anschaun, wie Katzen, um die man sich längere Zeit nicht gekümmert hat? Spürst du's? Es ist wie im Grab.«

Heide lehnte sich aus der Terrassentür und brüllte in Richtung Strand: »So, du Dreckskerl, das war's!«

Sie fuhr herum.

»Ich brauch jetzt Champagner. Schließ ab! Nichts wie raus hier!«

Wir fuhren mit offenen Fenstern, den Wind im Gesicht, durch den kühlen Strom der Nacht zum Festland hinüber. Schließlich hielten wir bei einem alten Bootshaus neben einem halb zerfallenen Steg, auf dem Rasen dahinter glühten noch die Reste eines Feuers. Sie legte Anmachholz und Papier auf die Glut und schob, als die Flamme aufflackerte, ein paar aufgespießte Würste hinein. Dann öffnete sie den Champagner. Mit der Flasche in der Linken und dem Korken in der Rechten blickte sie stumm über den Strom zur Insel hinüber.

»Sie werden uns nicht folgen, oder? Er oder sie, oder wer auch immer. Sie haben uns doch nicht gesehen. Wir sind doch hier sicher.«

»Für immer und ewig«, beteuerte ich.

Der salzige Wind fachte das Feuer an. Funken flogen empor und funkelten in Heide Waldschmidts hellen Augen.

Ich wandte den Blick ab.

»Da ist noch eine Sache, die ich erledigen muss«, sagte ich.

»Was?«

»Ich muss morgen Fannys Kühlschrank ausräumen.«

Heide setzte ihr Glas ab und runzelte die Stirn.

»Ich verstehe«, erwiderte sie schließlich.

Ich öffnete noch eine Flasche.

»Worauf trinken wir?«

»Auf deine Nase!«, rief sie aus und trank.

Wir krochen ins Bootshaus diese Nacht, fühlten uns sicher in unsren Schlafsäcken auf dieser Seite des Stroms, wo uns die Insel im Morgenrot ihren Rücken zuwandte. Der nächste Tag war einer von jenen, an denen allein schon das Wetter dazu verführt, einfach liegen zu bleiben und unter einem strahlenden Himmel die klare Luft zu genießen. Aber schließlich konnte ich doch nicht an mich halten: »Ich wollte die Stimmung wirklich nicht trüben heute Nacht; ich war so dermaßen erleichtert, als ich dich plötzlich lebendig vor mir stehen sah. Aber leider ist damit noch nicht alles vorbei. Der nackte Teufel am Strand ist weggerannt, weil er glaubte, du wärst ertrunken, aber es bleibt immer noch der, der ihn gerufen hat.«

»Oh Gott«, flüsterte Heide. Die Wimpern über ihren geschlossenen Augen zuckten wie zwei Spinnen. Schließlich seufzte sie erschöpft: »Es ist also noch immer nicht vorbei.«

Ich drückte ihre sandige Hand.

Sie dachte eine Weile schweigend nach und sagte dann, ohne die Augen zu öffnen: »Was ist nun mit Fannys Kühlschrank? Du hattest reingeschaut und nichts gefunden.«

»Deshalb muss ich noch mal in die Wohnung. Das Problem ist, Frau Kapell hat das Schloss ausgewechselt. Obwohl ich ihr gesagt hab, ich kümmere mich um die Räumung. «

Eine Fliege stieß brummend gegen meine Stirn.

27

Als das Taxi vor Fannys Haus hielt, wurde es gerade dunkel. Ich saß eine Weile unschlüssig im Fond des Wagens und versuchte, meine zitternden Hände vor den Blicken des Fahrers im Rückspiegel zu verbergen.

»Alles in Ordnung, Meister?«, fragte er.

Er wandte sich um.

»Entschuldigung. Macht dann achtzehn fünfzig.«

Ich löste den Gurt und reichte ihm einen Schein. Mit weichen Knien überquerte ich die Straße.

Ich stieg die Treppe hinauf durch den stockdunklen Flur.

Oben hörte ich jemanden laufen, mit leichten Schritten wie ein Kind. Ich blieb stehen und horchte.

Die Schritte wurden leiser und verloren sich irgendwo an der Rückseite des Hauses.

Ich lief bis zu Fannys Tür und kam dort mit pochendem Herzen zum Stehen. Ich streckte die Hand nach der Klinke aus. Die Tür glitt knarrend nach innen auf.

Jemand hatte sie aufgebrochen.

Ich ging hinein.

Ich trat ein in ein Dunkel, dass voller Geruchserinnerungen war. Wie lange würde es wohl dauern, fragte ich mich, bis der Geruch von Kartoffelchips und kaltem Rauch das Treppenhaus hinabgeweht sein würde.

Das Zimmer war ein einziges Durcheinander. Jemand hatte die Regale, Schränke und Schubladen durchwühlt. Alles lag auf dem Fußboden herum, Bücher und Noten zwischen zerbrochenen Schallplatten, die bei der Suche heruntergefallen und zertreten worden waren.

»Oh Fanny«, flüsterte ich, »Gott sei Dank musst du das nicht mehr mit ansehen.«

Alles, was man durchsuchen und kurz und klein schlagen konnte, lag in Trümmern, selbst der wuchtige Sessel, in den Fanny früher seine Gäste platziert hatte, lag aufgeschlitzt auf dem Rücken.

Aber an einer einzigen Stelle war nicht gesucht worden, und dahin ging ich jetzt. Ich packte die Kühlschranktür und zog sie auf. Kalte Luft schwappte heraus, umwehte mein Gesicht. Ich starrte angestrengt hinein, bemühte mich, das zu sehen, was direkt vor mir liegen musste. Was war es, das der Kerl, der in Korridoren herumstand, gesucht und nicht gefunden hatte? Alles schien so, wie es immer gewesen war, gestapelte Bierpaletten und nach Geschmackssorten geordnete Chips.

Doch plötzlich blieb mir die Luft weg; ich streckte den Arm aus und schob die Dosen beiseite. Sie hatten die ganze Zeit auf einer zusammengelegten Zeitung gestanden, die ich bis jetzt nur für einen Tropfenfänger gehalten hatte.

Ich zog sie heraus und las im Licht der Kühlschrankbeleuchtung die fettgedruckte Kopfzeile: JANUS.

Ich wankte hinüber zu Fannys Rollstuhl, stellte ihn auf, fiel hinein und wartete darauf, dass mein Herzschlag sich beruhigte. Dann blätterte ich die grüngefärbte Zeitung durch. Auf der Rückseite standen Todesanzeigen, ein kleines Kästchen war mit roter Tinte umrandet. War es das, was er hatte verschwinden lassen wollen?

Ich las: »Wo warst du all die Jahre? Mein Herz sehnt sich nach dir, und deines? Warum schreibst du nicht, warum rufst du nicht an? Welch ein Glück, würdest du dich erinnern, so wie ich mich an dich erinnere! Wir hatten so viel und haben alles verloren. Finde zurück, ehe alles versinkt! Schreib mir! Einer, der dich vor langer Zeit geliebt hat.«

Am Rand hingekritzelt waren die Worte: »Einer, der für dich gestorben wäre.«

Ungläubig las ich es mehrmals hintereinander.

Ich ließ die Zeitung fallen und hielt mein Gesicht in die Frischluft aus dem Kühlschrank. Dann las ich die verteufelte Botschaft, diesen verhängnisvollen Köder, ein letztes Mal: Männer, Frauen, alte, junge, schwarzhaarige und blonde, dicke und dünne, hört doch, schaut her, ihr persönlich seid gemeint.

Wie viele einsame Seelen hatten wohl hier der Versuchung nachgegeben, sich unter der angegebenen Chiffre zu melden und auf eine Antwort zu warten, um vielleicht irgendwann spätnachts in einen Telefonhörer zu flüstern: Hier bin ich. Bitte, komm zurück zu mir.

Ich überflog auch die anderen Kleinanzeigen, unter einigen war eine Telefonnummer vermerkt. War es die der JANUS-Redaktion?

Ich konnte mir nicht vorstellen, dass Fanny sich so eine Zeitung gekauft hätte. Aber von wem hatte er sie? Irgendjemand hatte schließlich diese eine Anzeige mit roter Tinte umrandet und das Blatt so hingelegt, dass er es finden und mit Sicherheit sehen würde, worauf es ankam.

Ich watete durch die schwarzen Scherben von Muddy Waters und John Lee Hooker, da fiel mir ein, dass die Kühlschranktür noch offenstand; ich stolperte zurück und knallte sie zu.

Ich stieg hinab und entdeckte im ersten Stock, dass auch Carlos' Tür sperrangelweit offenstand. Ich hatte sie nie unverschlossen gesehen. Carlos wollte nicht, dass irgendein Sehender einen Vorteil vor ihm hatte.

»Carlos?«

Ich betrat ein blitzblankes kleines Zimmer, das unglaublich aufgeräumt und sauber war, jedes Ding an seinem Platz, nichts vernachlässigt – aber es war niemand da.

»Carlos?«

Sein Stock lag mitten im Zimmer auf dem Boden und daneben eine dunkle Schnur mit Knoten darin. Es wirkte, als hätte jemand die Sachen bei einem Kampf verloren oder zurückgelassen, als er Hals über Kopf das Weite gesucht hatte.

»Carlos!«

Ich nahm die Schnur und betrachtete die Knoten: zwei nebeneinander, ein Zwischenraum, drei Knoten, ein großer Zwischenraum, dann Gruppen von drei, sechs, vier und neun Knoten.

»Carlos!«, rief ich, diesmal lauter.

Ich klopfte schließlich bei Frau Kapell. Als sie öffnete und mich sah, quollen ihr die Augen über, Tränen liefen ihr übers Gesicht. Sie streichelte mir mit ihren nach frischem Gebäck duftenden Fingern über die Wangen.

»Armer Junge, komm rein, du Ärmster, setz dich. Kaffee?«

Sie brachte mir eine Tasse und wischte sich die Augen.

Ich faltete die Zeitung auseinander und hielt sie ihr hin.

»Geht nicht ohne Lesebrille«, sagte sie und wich einen Schritt zurück.

»Sie brauchen es nicht zu lesen«, erwiderte ich. »Haben Sie jemals bei Fanny diese Zeitung gesehen?

Frau Kapell drehte die Zeitung in ihren Händen hin und her, als wäre sie ein Rätselbild.

»Vielleicht die, vielleicht eine andere. Carlos hat mich das auch schon gefragt. Keine Ahnung, Fanny ist im Himmel.«

Ich lehnte mich, die zusammengefaltete Zeitung in der Hand, erschöpft gegen den Türrahmen.

»Dort kann ich ihn leider nicht fragen«, seufzte ich. »Darf ich mal telefonieren?«

Ich wählte die Nummer unter den Annoncen; es war dieselbe wie auf Carlos' Knotenschnur.

»Janusverlag«, meldete sich eine näselnde Stimme. »Bleiben Sie bitte am Apparat!«

Der Hörer wurde hingelegt, und ich meinte zu hören, wie sich schwere Schritte durch Papierhaufen bewegten.

»Es stimmt!«, rief ich und erschreckte Frau Kapell dermaßen, dass sie einen Schritt zurückwich. Aus welchem Grund hatte Carlos die Nummer des JANUS wohl in seine Gedächtnisstütze geknotet?

»Hallo! Hallo!«, rief ich.

Am anderen Ende ertönte ein durchdringendes Quietschen, dem Rückkopplungsgeräusch eines Lautsprechers ähnlich. Ich wartete noch ein paar Sekunden, dann knallte ich den Hörer auf die Gabel und stürmte wütend hinaus.

»Junge«, fragte Frau Kapell, »was regst du dich bloß so auf?«

»Wie sollte man sich nicht aufregen!«, rief ich. »Da verschwinden Leute einfach vom Telefon weg, und es nützt überhaupt nichts, noch mal anzurufen, weil der Hörer nicht aufgelegt ist, und die Zeit vergeht, und wo zum Teufel ist Carlos?«

Frau Kapell sagte nichts, und ich war dankbar für ihr Schweigen und stürmte, ohne zu wissen, wohin, in den

Hausflur hinaus. Ich hatte nicht mal genügend Geld für den Linienbus.

»Carlos!«, rief ich ins Treppenhaus.

»Ja?«, erklang hinter mir eine Stimme.

Ich wirbelte herum, da war nichts als Dunkel.

»Carlos, bist du das?«

»Ja«, antwortete Carlos' Stimme aus dem Dunkel. »Wenn Carlos nicht will, dass man ihn sieht, dann sieht man ihn auch nicht. Alte Socke war hier. Ich fürchte, er weiß, dass wir wissen, was er weiß. Bin gerade noch rechtzeitig aus meinem Zimmer entwischt, wie ich ihn im Flur hab rumschleichen hörn. Hab alles fallen lassen, bin einfach los. Hast du's gefunden?«

»Diesen Stock und die Schnur mit den Knoten?«

»Willst du wissen, was damit ist? Ich hab Fanny weinen hörn am Tag, bevor er für immer weg ist. Da geh ich zu ihm hoch. ›Ich hätt's nicht tun solln‹, sagt er, ›alles meine Schuld‹, sagt er, immer wieder. ›Pass auf das Zeug auf, Carlos‹, sagt er und gibt mir ein paar alte Platten und ein paar Zeitungen, ›ganz besondere‹, sagt er, und ich sag danke und denk, was soll das, und er rollt durch den Flur und jammert immer wieder: ›Ich Idiot.‹ Und ich leg die Platten und die Zeitungen weg und gerade heute früh, da denke ich wieder dran, und ich streich mit der Hand über's Zeitungspapier und denk, was is'n das? Ich ruf nach Frau Kapell und frag sie, und sie sieht die Zeitung durch und sieht die Wörter mit dem Tintenrand, fünf Ausgaben der gleichen Zeitung und fünfmal dieselben Wörter, und dann denk ich mir: Warum hatte Fanny so schreckliche Angst, und wie ist die Nummer dieser Zeitung? Und ich lass sie mir vorlesen und mach die Knoten in die Schnur und rufe da schließlich an. Du auch?«

»Ja, Carlos. Ich hab die gleiche Zeitung in Fannys Kühlschrank gefunden. Warum hast du nicht gesagt, dass du sie hast?«

»Mein Gott, hab ich gedacht, wer liest denn sowas und glaubt das?«

»Fanny«, sagte ich niedergeschlagen.

»Hast du, als du da angerufen hast, mit so 'nem Idioten gesprochen, der gesagt hat, du sollst dranbleiben, und dann war er weg?«

»Genauso war's.«

Carlos schob mich zur offenen Tür seiner Wohnung. Ich ließ mich führen, als wäre ich der Blinde.

»Dass so 'ne Masche überhaupt läuft«, wunderte er sich.

»Ich schätze, wenn man gewissenlos genug ist, kann man von den Verzweifelten so gut wie alles bekommen.«

»Ja, das war immer mein Problem«, klagte Carlos. »Hab einfach zu viele Skrupel gehabt. «

Er brach ab, weil er mich seufzen hörte.

»Das«, begann er wieder, »hörte sich an wie einer, der mich anpumpen will.«

»Ich will dich nur bitten, mir zu helfen, Carlos, mir zu helfen, den Kerl zu finden.«

»Alte Socke? Meine Nase steht dir zu Diensten. Nach dir, bitte.«

»Wir müssen in diese Redaktion, bevor sie schließen. Je schneller wir das, was wir wissen müssen, rauskriegen, desto weniger kann passieren.«

»Also gut.« Er ging lächelnd ins Zimmer zurück. »Brauchst du Geld?

Er zog ein dickes Bündel Scheine aus der Gesäßtasche hervor. Er begann zu zählen.

»Wenn wir den Kerl erwischen, der Fanny auf dem Gewissen hat … Da hast du fünfzig. Nimm das Geld und gib mir den Stock! Mach die Tür zu! Auf zu dem Schwachkopf, der einen am Telefon warten lässt und Feierabend macht.«

Im Taxi konnte ich nicht länger an mich halten.

»Wo hast du bloß so viel Geld her?«

»Ich kann sie zwar nicht sehn, aber ich wette auf Pferde. Hab ein paar Freunde im Wettbüro. Die hörn sich um und setzen für mich. Ich wette mehr und verliere weniger als die meisten Trottel, die sehen können. Es läppert sich. Wo sind wir?«

»Wir sind da.«

Wir hielten hinter einem heruntergekommenen Speicher im Hafenviertel.

Carlos sog die Luft ein.

»Das ist nicht Alte Socke. Aber sieh dich trotzdem vor!«

»Bin gleich wieder da.«

Ich stieg aus. Carlos blieb im Fond sitzen, den Stock auf dem Schoß, die Augen geschlossen.

»Ich pass auf den Taxameter auf«, sagte er.

28

Es war bereits später Abend und stockdunkel, als ich zu einem halberleuchteten Neonschriftzug über einem Hauseingang hinaufsah. Über dem Tor erkannte man einen gemalten Januskopf, den Blick nach vorn und nach hinten gerichtet. Die Hälfte des einen Gesichtes hatte sich bereits in der Feuchtigkeit aufgelöst, der Rest würde sicher auch bald abblättern.

Drinnen schlängelte ich mich zwischen Frauen und Männern mit grauen Gesichtern hindurch die Treppe hoch; sie standen da, Zigaretten in den Fingern, die Köpfe zwischen die Schultern eingezogen, und keiner schien mein »Entschuldigen Sie bitte« zu registrieren. Oben ging ich durch eine blinde Glastür.

Die Büros sahen aus wie kurz nach einer Razzia, der gesamte Fußboden war mit scheinbar achtlos hingeworfenen Papieren bedeckt. Hunderte von vergilbten Zeitungen lagen auf Fensterbrettern und Schreibtischen, Papierkörbe standen leer herum. Ich trat auf alte Zigarettenkippen und ab und zu knackte es verdächtig unter meinen Sohlen. Unter Aktendeckeln auf einem Schreibtisch fand ich ein

Telefon, wühlte den Hörer hervor und hielt ihn ans Ohr. Ich meinte, immer noch den Verkehr unterm Fenster von Frau Kapell vorbeirauschen zu hören.

»Danke, dass Sie so lange gewartet haben«, sagte ich in den Hörer.

»He, Sie, was machen Sie da?«, fragte eine Stimme hinter mir.

Ich legte auf und wandte mich um.

Ein langer knochiger Mann sah aus gelben Augen abschätzig auf mich nieder.

»Ich hab vor ungefähr einer halben Stunde hier angerufen«, erklärte ich mit einer Kopfbewegung zum Telefon hin, »und eben hab ich selbst das Gespräch mit mir beendet.«

Er blickte aufs Telefon und kratzte sich den Kopf.

»Das ist nicht möglich«, behauptete er.

»Genau das hab ich auch gedacht.«

»Sie sind nicht zufällig 'n Bulle oder so was?«

»Oder so was«, entgegnete ich.

»Ein Privatschnüffler etwa?«

»Vergessen Sie's einfach! Haben Sie das geschrieben?«

Ich hielt ihm die Zeitungsseite mit der Anzeige hin.

Er warf einen flüchtigen Blick darauf.

»Wieso ich? Das hat jemand in Auftrag gegeben.«

»Denken Sie eigentlich darüber nach, was Sie mit so einer Anzeige anrichten können?«

»Wir lesen sie nicht, wir drucken sie nur.«

Er schnappte sich die Anzeige und las sie durch. »Komisch, was?«

»Haben Sie sich jemals klargemacht, dass es Menschen gibt, die diesen Mist glauben könnten?«

»Soweit ich mich erinnere, haben wir die Annonce in unserer letzten Ausgabe nicht mehr gebracht, zufrieden?«

Er drückte mir die Zeitung wieder in die Hand.

»Ich geh hier nicht raus, bevor ich nicht die Nummer von diesem Auftraggeber habe.«

Er sah mich fassungslos an und lachte auf.

»Die ist selbstverständlich vertraulich. Wenn Sie ihm schreiben möchten, kein Problem, wir leiten Ihre Post gern weiter.«

Mir blieb die Antwort im Halse stecken, ich blickte auf den Ozean aus Papier am Boden und zog ein Feuerzeug aus der Hosentasche.

»Wie steht's eigentlich bei Ihnen mit der Einhaltung der Brandschutzbestimmungen?«

Sein Blick schweifte über die Papierstapel und blieb dann an der zur Hälfte mit einem Aktenschrank verstellten Hintertür hängen. Ein Ausdruck tiefer Niedergeschlagenheit machte sich auf seinem fahlen Gesicht breit.

»Sie werden mich hoffentlich nicht ruinieren wollen«, meinte er.

»Nicht, wenn es sich vermeiden lässt.«

»Verdammt noch mal, was wollen Sie von mir?«

Seine Stimme klang jetzt beinahe weinerlich.

»Nichts als eine Telefonnummer.«

»Als ob ich nicht schon genügend Probleme hätte«, jammerte er, wühlte in seiner Adresskartei und hielt mir eine Karte hin.

»Da haben Sie Ihre Scheißnummer.«

»Fanny«, sagte ich vor mich hin, »jetzt holen wir ihn uns.«

Ich musste es etwas zu laut gesagt haben, denn der Redakteur, dessen Gesicht sich leicht gerötet hatte, besprühte mich mit einem Speichelregen.

»Was holen Sie sich?«

»Den Fangschuss«, erwiderte ich, bereits in der Tür.

»Hoffentlich!«, rief er mir nach.

Wieder auf der Straße, winkte ich den Taxifahrer bis zur Telefonzelle an der nächsten Straßenecke. Ich zögerte eine Weile, wagte nicht, die Nummer zu wählen, aus Angst davor, dass sich wirklich jemand meldete.

Wie, fragte ich mich, begrüßt man ein Monster? ›Eines,

das dich geliebt hat vor langer Zeit.‹ Wer reagiert auf eine dermaßen phantasielose Anzeige? Beinahe jeder vermutlich, wenn es ihn im entsprechend verzweifelten Zustand trifft. Die ersehnte Stimme aus der Vergangenheit, Erinnerungen an eine zärtliche Berührung, einen warmen Atemhauch, eine Leidenschaft.

Ich versuchte es dreimal und ging dann zurück zum Taxi, setzte mich neben Carlos auf den Rücksitz und lauschte dem Ticken des Taxameters.

»Keine Angst«, meinte er, »das Ticken lässt mich kalt. Versuch's ruhig noch mal, Junge!«

Beim nächsten Mal hob tatsächlich jemand ab.

»Hallo«, meldete sich die Stimme eines Mannes, sehr leise unterm Knacken in der Leitung.

Es dauerte einen Moment, bis ich keuchend fragen konnte: »Wer spricht da?«

»Mit wem habe ich das Vergnügen?«, entgegnete der andere äußerst reserviert.

Ich hörte Autolärm aus dem Hörer.

»Na, wenn Sie mich weiterhin nur anschweigen wollen, eben nicht«, sagte die Stimme.

»Moment«, rief ich. Gleich erkenne ich dich, dachte ich, nur noch ein paar Worte.

»Ich hab Ihre Anzeige im Janus gelesen. Können Sie mir helfen?«

Die Stimme klang jetzt entspannter, schien angenehm berührt von meiner Aufregung zu sein.

»Ich kann jedem helfen, jederzeit, wo auch immer«, antwortete er gelassen. »Sie sind einer von den Einsamen?«

»Wie?«

»Sind Sie einer von diesen …«

Einsam hatte er gesagt. Ich war plötzlich wieder auf der stinkenden Fähre, die im Regen über den Kanal setzt. Die Stimme am Telefon war die Stimme aus jener Regennacht, die inzwischen ein halbes Leben zurückzuliegen schien. Nur ein Baustein fehlte, ich kam nicht auf den Namen, der zur Stimme gehörte, obwohl ich ganz nah dran war, ihn beinahe hatte, aber …

»Sprechen Sie bitte lauter«, rief ich.

Darauf folgte am anderen Ende misstrauisches Schweigen, und ich hörte das Tuten eines Nebelhorns, näher und näher, bis ich direkt daneben zu stehen schien.

»Mein Gott, jetzt weiß ich, wo Sie sind!«, rief ich, und sofort legte er auf.

Ich starrte erregt auf den stummen Hörer in meiner Faust und presste sie noch fester zusammen.

Ich stolperte zum Taxi zurück.

»Kommst du weiter mit?«, fragte ich Carlos.

»Sag dem Fahrer, wo du hinwillst«, erwiderte er.

Das tat ich, und wir fuhren los.

Als das Taxi zum Stehen kam, reckte Carlos die Nase aus dem Fenster und schnupperte.

»War lange nicht mehr hier. Man riecht den Strom. Und ein anderer Geruch, etwas modrig. Der Pier?«

»Können wir das Taxi warten lassen, Carlos?«

Er leckte mit der Zunge am Daumen, zählte drei Zehnmarkscheine ab und hielt sie dem Fahrer hin.

»Reicht das für's Erste?«

»Für's Erste, ja«, antwortete der Taxifahrer und verstaute die Scheine in seiner Geldtasche. »Um Mitternacht hab ich Dienstschluss.«

»Bis dahin sind wir hier fertig«, sagte Carlos. »Und du, Junge, weißt, was du tust?«

Wir ließen das Taxi am Rand des Piers warten. Ich führte Carlos am Arm durch die Nacht.

»Lass das, ich weiß, wo's langgeht«, wehrte er mich schließlich ab. »Reicht, wenn du Bescheid gibst, falls 'n Draht oder 'n Ziegelstein im Weg ist. Hab nämlich 'n empfindlichen Ellenbogen.«

Ich ließ ihn noch ein paar Meter vorangehen, dann hielt ich ihn fest.

»Halt. Geh noch zwei Meter da rüber, damit dich keiner

sieht. Wenn ich zurückkomme und dich anrede, dann sagst du mir, was du riechst, ja? Danach gehst du sofort zum Taxi zurück, ist das klar?«

»Ja. Ich kann den Motor bis hier hörn.«

»Sag dem Fahrer, er soll dich aufs Polizeirevier bringen. Frag dort nach Edgar Krummnow. Wenn er nicht da ist, solln sie ihn rufen. Er soll so schnell wie möglich herkommen, falls wir es schaffen, die Sache ins Rollen zu bringen. Aber vielleicht brauchst du deine Nase heute Nacht auch gar nicht.«

»Ich hoffe, doch. Hab extra meinen Stock mitgebracht. Einen Schlag hab ich doch frei, oder?«

Ich zögerte.

»Einen einzigen«, sagte ich dann. »Bis dahin bleib bitte in Deckung, ja?«

29

Ich überquerte die Industriebrache, wo einst die Werft gestanden hatte, ging unsicher voran zwischen Andenkenläden, Toilettencontainern und Spielsalon, vorüber an einigen Telefonzellen, die mir im Dunkeln wie aufrecht stehende Särge erschienen.

Ich schlüpfte in die letzte Zelle und durchwühlte meine Taschen nach den Münzen, die Carlos mir gegeben hatte. Eine davon warf ich in den Schlitz und wählte die Nummer, die ich von dem Redakteur bekommen hatte.

Ich ließ den Hörer herunterbaumeln und trat aus der Zelle, blieb mit geschlossenen Augen stehen und lauschte. Zuerst hörte ich nur das Plätschern des Wassers unter mir gegen die hölzernen Pfosten. Dann konnte ich es ganz leise hören: ein Stück entfernt, am anderen Ende des Piers, klingelte tatsächlich ein Telefon.

Zufall, dachte ich, jeden Augenblick läutet irgendwo irgendein Telefon. Aber das da, hundert Meter weiter, gerade in diesem Moment? Sollte ich tatsächlich diese Nummer gewählt haben? Ich schob mich in die Zelle zurück und hängte den Hörer wieder ein. Das andere Telefon verstummte.

Ich warf meine Münze erneut ein und wählte noch einmal. Ich holte tief Luft, und tatsächlich, da war es wieder, das Läuten in der Ferne. Aufgeregt wippte ich auf den Zehen, ich spürte, wie meine Augen sich weiteten und kalte Luft in meine Lungen strömte.

Ich ließ es klingeln, stand vor meiner Zelle und wartete darauf, dass irgendjemand dort drüben in den Baracken vielleicht das Gespräch entgegennahm.

Aber der gesamte Pier blieb dunkel. Das Telefon läutete weiter. Am liebsten wäre ich selbst rangegangen, nur um es endlich zum Verstummen zu bringen. Mein Gott, dachte ich, hol deine Münze wieder und verschwinde.

Da passierte es.

In einer der Hütten ging Licht an. Etwas bewegte sich hinter einem Fenster. Das Telefon klingelte und klingelte, und dort drüben stand jemand und horchte, schien noch zu zögern. Ich meinte, einen Schatten hinter einer Gardine zu erkennen und war mir sicher, dass der, der dort stand, das Läuten des Telefons hörte. Ich erstarrte.

Das Telefon klingelte. Schließlich bewegte sich der Schatten, schien mir den Rücken zuzukehren. Das Telefon klingelte weiter, und plötzlich entfernte sich die Figur dort vom Fenster.

Ich sprang in meine Zelle zurück und hielt mir den Hörer gerade noch rechtzeitig ans Ohr. Klick. Am anderen Ende heftiges Atmen. Dann schließlich eine Männerstimme: »Hallo.«

Es war dieselbe Stimme, die ich vor einer halben Stunde gehört hatte: »Einer, der dich geliebt hat vor langer Zeit.« Ich musste es versehentlich laut gesagt haben.

Eine Pause folgte am anderen Ende der Leitung, mein

Gesprächspartner wartete, schnappte keuchend nach Luft. »Hallo.«

Blitzartig wurde mir klar, mit wem ich da sprach.

»Sie sind das«, sagte ich mit heiserer Stimme.

Ich hörte, wie er ein paarmal tief durchatmete.

»Zum Teufel mit Ihnen«, knurrte er. Er hängte nicht ein, sondern ließ den Hörer einfach fallen. Das Licht in dem Fenster erlosch.

Ich trat aus der Zelle hinaus auf den leeren Pier und sah auf die Rückseiten der Gebäude, all der Schuppen und Baracken und verrammelten Buden. Ich ging ein Stück, blieb vor der Tür der Hütte stehen, in der ich den Schatten beobachtet hatte. Ich horchte. Drinnen bewegte sich etwas. Jemand schien dort im Dunkeln herumzukramen, ich hörte, wie er leise vor sich hin fluchte. Dann brach das Geräusch ab, als hätte der andere gespürt, dass jemand draußen vor seiner Tür steht.

Ich hörte Schritte, erschrocken wich ich zurück. Plötzlich wurde mir klar, dass ich nichts dabeihatte, um mich notfalls verteidigen zu können; wenigstens Carlos' Stock hätte ich mitnehmen sollen.

Die Tür wurde heftig aufgerissen. Ich starrte hinein und erblickte den Schatten, einen kleinen Mann, der mich mit weit aufgerissenen Augen fassungslos anstarrte, als wäre er eben aus einem langen Schlaf erwacht. Es war Hans-Jochen Renke, der dort an den Knöpfen seiner Jacke herumfingerte und versuchte, mich zu erkennen. Er wirkte starr vor Angst. Jetzt erst wurde mir klar, dass ich vor der Hintertür seiner Bibliotheksbaracke stand.

»Der Teufel soll Sie holen«, knurrte er und fügte dann mit einem schiefen Lächeln hinzu: »Kommen Sie rein.«

»Nein«, entgegnete ich, »Sie kommen raus.«

Ich dachte an Carlos und seinen außergewöhnlichen Geruchssinn. Ich sah Renke an und meine Nasenflügel bebten. Der Geruch von Angstschweiß, dann der von Urin und dann ein seltsames Gemisch von Zwiebeln und Mundfäule, der Atem der Selbstzerstörung. Ich empfand plötzlich eine so furchtbare Angst, als raste eine Flutwelle direkt auf mich zu. Mein Mund war ausgetrocknet, Schweiß lief mir den Rücken hinab.

Einen Moment lang fürchtete ich hintenüberzufallen, als ich den Blick zu den Zellen zurückwandte. Ehe Renke reagieren konnte, rief ich ins Dunkel: »Carlos?«

Ein Schatten bewegte sich durchs Halbdunkel auf uns zu. Ich hörte das Knirschen unter Carlos' Schuhen, als seine Stimme warm und gelassen antwortete: »Ja?«

Renkes Augen wanderten von mir zu der Stelle hinüber, wo Carlos' Stimme verklungen war.

»Alte Socke?«, fragte ich schließlich.

Ich hörte, wie Carlos tief einatmete und die Luft wieder langsam herausblies.

»Alte Socke«, bestätigte er.

Ich nickte.

»Du weißt, was du zu tun hast, Carlos.«

Aus den Augenwinkeln konnte ich sehen, wie er fortging, dann noch mal stehen blieb und plötzlich den Arm hochriss.

Renke zuckte zusammen, genauso wie ich. Carlos' Stock kam im hohen Bogen herangesegelt und landete laut klappernd neben mir auf dem Boden.

»Vielleicht kannst du ihn ja gebrauchen«, rief der Blinde und tapste auf das wartende Taxi zu.

Renke und ich standen da, den Blick auf die Waffe neben uns auf dem Pier gerichtet. Das Geräusch des mit Carlos davonfahrenden Wagens ließ mich nach vorn springen. Ich packte den Stock und presste ihn gegen die Brust, als könne ich damit einen Messerstich oder einen Schuss abwehren.

Renkes Augen folgten den Rücklichtern des Taxis, die in der Ferne verschwanden.

»Was war denn das?«, fragte er.

Zwischen den Wolken trat plötzlich der Mond hervor.

Wir sahen hinauf, und ich fragte mich, ob das nun ein gutes oder schlechtes Omen wäre und für wen von uns beiden.

Renke setzte sich in Bewegung. Er ging in die Richtung, in die Carlos mit dem Taxi verschwunden war.

»Kommen Sie oder nicht?«, fragte er.

Wir gingen langsam dahin und beäugten einander misstrauisch. Ich drehte Carlos' Stock zwischen den Fingern.

»Soll das eine Waffe sein?«

»Eher ein Fühler, würde ich sagen.«

»Findet der blinde Besitzer sich auch ohne ihn zurecht? Wohin will er so spät am Abend?«

»Er wird bald zurück sein«, log ich.

Renke musterte mich misstrauisch.

»Ich vermute, er orientiert sich mit der Nase. Ich hab gehört, was er Ihnen geantwortet hat.«

»Alte Socke.«

Renke sackte in seinem abgewetzten Anzug zusammen. Sein Blick wanderte von seinem rechten zu seinem linken Unterarm und dann die fleckige Front seiner Jacke hinab.

»Alte Socke«, wiederholte ich.

Es schien ihn zu treffen, er schwankte kurz, fing sich aber sofort wieder.

»Der Blinde hat ungewaschene Hemden und schlechten Atem erschnüffelt und mir gezeigt, bei wem.«

Renke schien bei jedem meiner Worte ein wenig mehr zusammenzuschrumpfen. »Warum sollte ein Blinder sowas ausgerechnet bei mir suchen?«, fragte er schließlich.

»Wegen Janus vielleicht? Ich hab bei Ihnen ein paar Nummern davon herumliegen sehen.«

Das war eine Lüge, doch sie zeigte die gewünschte Wirkung.

»Ja, und? Was würde das beweisen?«, fragte Renke.

Ich holte tief Luft.

»Dass Sie der Todesengel sind!«

Renke schloss die Augen. Er schien zu überlegen, wie er darauf reagieren sollte.

»Todesengel? Wie kommen Sie darauf?«

Ich ging weiter, jetzt trabte er wie ein Hund hinter mir her.

»Carlos hat vor einiger Zeit auf der Straße jemanden gerochen. Derselbe Geruch war bei ihm im Haus und heute Abend hier. Dieser Geruch sind Sie.«

»Warum wohl sollte ich in irgendwelchen Ecken herumschleichen, in denen ich nicht mal begraben sein möchte?«, keuchte er.

»Weil Sie auf der Suche nach vereinsamten Menschen sind«, erwiderte ich. »Und ich unwissender Idiot hab Ihnen bei der Suche geholfen. Fanny hat Recht gehabt. Ich war der Blindenhund des Todes. Ich hab Ihnen den Weg gezeigt zu den Einsamen.«

»Wie haben Sie sie genannt?«

»Die Einsamen. Das Wort hab ich von Ihnen gehört letzten Monat.«

»Sie phantasieren«, entgegnete Renke. »Nichts davon hat irgendetwas mit mir zu tun.«

Er blickte erneut an sich hinab, auf die abgewetzten Jackenärmel, die ausgebeulten Hosen, die schiefgetretenen Schuhe. Sein Anzug schien zu schrumpfen unter seinem Blick und er selbst sich unwohl zu fühlen in seiner Haut.

Ich beschloss, zum Angriff überzugehen.

»Spüren Sie, wie Sie da stehen, nicht selbst, wie vollkommen absurd Ihre Existenz geworden ist? Sie hassen alles und jeden auf der Welt, am allermeisten aber sich selbst. Ihre schmutzige Wäsche ist Ihre Flagge, mit der Sie die Umwelt verpesten. H.-J. Renke, der fünfte Reiter der Apokalypse.«

Er lächelte. Er wirkte glücklich. Meine Beleidigungen waren für ihn Komplimente. Jemand widmete ihm Aufmerksamkeit, das schien seinem Selbstwertgefühl zu schmeicheln. Ohne es zu ahnen, hatte ich den Köder in die Falle gelegt.

Was nun?, dachte ich. Was, um Himmels willen, sage ich jetzt? Wie locke ich ihn aus der Reserve?

Er ging jetzt aufrecht, den Rücken gerade und die Brust geschwellt schien er sich großartig zu fühlen mit den Medaillen des Untergangs, die ich ihm angeheftet hatte.

Wir liefen und liefen und liefen. Mein Gott, dachte ich, wie lange soll das noch so weitergehen? Er ist sich nicht sicher, was ich weiß, und ich bin nicht sicher, welche Gründe er hat, sich wirklich vor meinem Wissen zu fürchten, und beide fragen wir uns, wie weit der andere wohl gehen würde.

»Wir sind beide Feiglinge«, sagte Renke plötzlich, als hätte er meine Gedanken gelesen. »Und beide haben wir Angst davor, den anderen auf die Probe zu stellen.«

»Stell dir vor, wie's Sterben ist,
Wenn dich keiner mehr vermisst«,
rezitierte ich.

»Was?«, fragte Renke.

»Nur ein Knittelvers, der von Ihnen spricht. Von einem, der eine dem Vergehen entsprechende Strafe verhängen wird. Und von den Einsamen. Sie setzen sie auf Ihre Liste, und, wie es in dem Vers heißt, keiner wird nachher vermisst. Denn ihr Vergehen war, dass sie aufgegeben haben oder nie einen Versuch unternommen haben, ihr vermeintliches Scheitern zu überwinden. Und ihre Strafe waren Sie.«

Er schien sich noch ein wenig mehr zu recken.

»Noch was?«, fragte er, ohne stehen zu bleiben. »Oder war's das schon?«

»Vermutlich haben Sie Djangos abgetrennten Kopf sogar bei sich.«

Ich bemerkte, wie seine rechte Hand unwillkürlich gegen seine fettige Jackentasche zuckte. Er tat, als wollte er sie nur glätten, starrte dabei aber ein wenig zu entzückt auf seine Hand, sah rasch wieder weg und lief weiter.

Ich legte sofort nach.

»Kanarienvögel zu verkaufen«, sagte ich mit zittriger Stimme.

Diesmal zuckte seine linke Hand ganz leicht gegen die Tasche auf der anderen Seite. Er wird doch nicht etwa, dachte ich, eine der alten Zeitungsseiten aus dem Käfig bei sich haben.

Er schritt dahin.

Ich folgte und nahm das dritte Ziel ins Visier.

»Bauwagen. Wilhelm Schmitt. Fahrradwerkstatt.«

Das Kinn klappte ihm herab, beinahe bis auf die Brusttasche. Wer weiß, was er darin einst verwahrt hatte? Seine winzigen Schuhe schienen Funken zu schlagen, wie er da so neben mir hertänzelte.

Ich sah Sergej im Flur des Mietshauses seine neuen Zähne zeigen. Und dann Sergej in der Badewanne, eine halbe Armlänge tief, das Gesicht nach unten gedreht.

»Falsche Zähne«, sagte ich, »ein künstliches Gebiss.«

Zum Glück fasste er sich nicht wieder an eine seiner Taschen. Der Gedanke, er trüge ein fremdes Gebiss mit sich herum, war mir zuwider. Wahrscheinlich würde man es in einem Glas Wasser irgendwo dort hinten in seiner Hütte finden.

Wind kam auf, ich präsentierte ihm jeden einzelnen meiner Toten, bis ich schließlich am schrecklichen Ende der Reihe angelangt war: »Dunkles Mietshaus. Gefüllter Kühlschrank. Ein schwerer Mann im Rollstuhl.«

»Der fette Mann hat jetzt seinen Frieden gefunden. Er hat Frieden gebraucht, ich hab ihn gebracht«, sagte Renke mit verträumtem Blick.

Ich weiß nicht genau, was als Nächstes geschah, nur dass jemand aufschrie und dann noch jemand: Renke wahrscheinlich. Mein Arm zuckte hoch, Carlos' Blindenstock mit ihm, Renke konnte ihm gerade noch rechtzeitig ausweichen. Der Schlag traf nicht ihn, sondern den Pier, und der Stock wurde mir aus der Hand getreten. Klappernd fiel er zu Boden, und Renke stieß ihn mit dem Fuß über den Rand.

Jetzt konnte ich mich nur noch mit bloßen Händen gegen den Zwerg verteidigen. Ich würgte und Tränen traten mir in die Augen. Meine Gelenke waren plötzlich wie Wachs. Ich stand da und weinte, und Renke wirkte sichtlich irritiert.

»Es ist gut so«, sagte er schließlich. »Er hat seinen Frieden. Sie sollten mir dankbar sein.«

Der Mond verschwand in einer Wolke und gab mir Zeit, mich zu fassen. Alles schien jetzt in Zeitlupe abzulaufen. Meine Zunge war geschwollen, und ich konnte kaum etwas erkennen.

»Sie meinen also«, sagte ich schließlich mit einer Stimme wie unter Wasser, »Sie wollen behaupten, nun, da alle tot sind, müsste ich Ihnen dafür dankbar sein, ja?«

Es muss eine furchtbare Erleichterung gewesen sein für ihn, der seit Monaten darauf brannte, all das jemandem anzuvertrauen. Der Mond kam wieder hervor, und seine Lippen bebten in dem zurückgekehrten Licht, begierig, endlich alles herauszulassen.

»Ja, ich hab ihnen allen geholfen.«

Mit offenem Mund starrte ich ihn an. Ich musste mich setzen. Er stand hoch aufgerichtet vor mir, konnte bestimmen, was in dieser Nacht noch geschehen würde, er, in dessen Macht es lag, Menschen mit dem Tod zu beschenken, ihnen Leid zu ersparen, indem er sie von ihrer Einsamkeit befreite.

»Aber Sie haben auch dabei geholfen«, erklärte er ruhig. »Sie als Journalist, neugierig, immer auf der Suche nach der nächsten Story. Alles, was ich tun musste, war, mich an Ihre Fersen zu heften. Wissen Sie, wie einfach es ist, Menschen zu verfolgen? Sie blicken nie zurück. Sie haben mir Leute gezeigt, die Sie für Ihre Artikel gesammelt haben. Kies auf dem Weg, Staub im Wind, Muschelschalen am Strand, Würfel ohne Augen, unbedruckte Spielkarten. Wenig Vergangenheit, kaum Gegenwart, und ich gab ihnen: keine Zukunft.«

Ich sah zu ihm hinauf. Allmählich kehrte die Kraft zurück. Meine Traurigkeit drohte in Wut umzuschlagen.

»Sie geben also alles zu.«

»Warum nicht? Es war doch nur in den Wind geredet. Wenn wir hier fertig sind und ich Ihnen wirklich zur Polizei folgen sollte, dann haben Sie keinerlei Beweis für das, was hier eben gesagt wurde.«

»Und was ist mit den Dingen, die Sie bei Ihren Opfern mitgehen ließen? Wo wird man die wohl finden?«

Er wippte auf den Fersen und dachte darüber nach.

»Jetzt«, sagte er dann, »muss ich Sie umbringen.«

Ich sprang auf. Ich war einen ganzen Kopf größer als er, und obwohl ich nicht besonders entschlossen gewirkt haben kann, wich er doch vor mir zurück.

»Nein«, brach es plötzlich aus mir heraus, »das können Sie nicht.«

»Wieso nicht?«

»Weil Sie mich nicht anfassen könnten. Sie haben keins Ihrer Opfer angefasst, sich niemals die Hände schmutzig gemacht. Ihre Methode war es, die Ärmsten so weit zu bringen, dass sie sich selbst etwas antun.«

Er sah mit verklärtem Blick an mir vorüber in die Ferne, dorthin, wo seine schreckliche Vergangenheit liegen musste.

»Sie haben den alten Mann betrunken gemacht und dafür gesorgt, dass er ins Wasser fällt, die Strömung hat ihn dann in den Bauwagen gedrückt. Die alte Frau mit den Vögeln brauchten Sie einfach nur zu erschrecken, und Tony haben Sie so viel harten Stoff eingeflößt, dass er eingeliefert werden musste. Auch Sergej brauchten Sie, als er einmal in der Wanne lag, nicht mal mehr unter Wasser zu drücken; er hat sich von ganz allein umgedreht, das Gesicht nach unten.«

»Nicht schlecht«, stimmte er zu.

»Punkerpit: Sie haben dafür gesorgt, dass man seine Tiere abholt; falls er nicht schon daran zugrunde gegangen sein sollte, wird es gewiss nicht mehr lange dauern. Und Karl der Friseur natürlich.«

»Ich hab Djangos Kopf gestohlen«, erklärte Renke.

»Und Karl hat sich in panischer Angst aus dem Staub gemacht. Jochen Hopf nicht zu vergessen, dem Sie auf Heide Waldschmidts Briefpapier geschrieben haben, um ihn dazu zu bringen, sich nächtelang nackt am Strand herumzudrücken. Haben Sie gehofft, dass Heide sich vor Angst ins Meer stürzt, oder was?«

»Wer weiß?«

»Dann haben Sie Hopf wissen lassen, dass Sie ihn in der Nacht, in der Heide Waldschmidt verschwunden ist, am Strand gesehen haben, um auch ihn loszuwerden.«

»Äußerst beeindruckend.«

»Fanny haben Sie Ihr Inserat einfach durch den Türschlitz geschoben, und als er sich mit Ihnen verabredet hat, brauchten Sie nur noch zu ihm zu gehen, ihm so viel Angst einzujagen, dass er stürzte und nicht mehr hochkam. Sie haben einfach danebengestanden und aufgepasst, dass er es nicht mehr schafft, oder?«

Er zog es diesmal vor, den Mund zu halten, denn ich war inzwischen, obwohl immer noch etwas wacklig auf den Beinen, ziemlich wütend geworden.

»Aber Carlos und mir ist es gelungen, die Spur von dem Inserat bis zu Ihnen zu verfolgen. Deshalb bin ich jetzt hier. Und ich hab nicht vor, Ihr nächstes Opfer zu werden, denn ich mag einsam sein, aber ganz gewiss nicht allein und hilflos. Ich bin keine gescheiterte Existenz, ich irre nicht verloren durchs Leben. Sie können mich nicht umbringen, Sie verdammter Idiot, weil ich mich aufrecht halte trotz allem. Wenn Sie aber verhindern wollen, dass ich zur Polizei gehe, müssen Sie einen richtigen Mord begehen, Sie Schweinehund, und zwar sofort!«

Ich rannte davon, und er hinter mir her.

Wir waren jetzt nicht mehr am Pier, sondern in der dunklen Straße am Kanal, und liefen hintereinander über die Brücke. Er war dermaßen erschöpft, dass er mitten auf der Brücke innehielt und sich, die Bauwagen direkt unter sich, über das Geländer lehnte.

»Warum verstehen Sie mich nicht? Warum helfen Sie mir nicht?«, jammerte er.

Ich drehte mich um und sah ihn an.

»Weil Sie ohne jeden Zweifel geisteskrank sind«, entgegnete ich.

»Ich werde Sie jetzt umbringen«, keuchte er.

»Nein, das werden Sie nicht. Es ist nur noch einer übrig, den Sie töten können. Ein letzter Einsamer, ein letzter Verlorener. Die absolute Leere. Sie selbst.«

»Ich?«, schrie der kleine Mann. »Meinen Sie mich? Der Teufel soll Sie holen!«

Er wirbelte herum, schwang sich übers Geländer und sprang. Sein Körper glitt still hinab ins Dunkel. Er versank in den Fluten, die so schmierig waren wie sein Anzug, wurde von ihnen zugedeckt, verschlungen.

»Renke«, rief ich.

Er kam nicht an die Oberfläche.

Kommen Sie zurück, wollte ich schreien. Doch dann bekam ich Angst, er würde es wirklich tun.

Ich starrte, über das Geländer gebeugt, hinab auf die Blasen in dem grünen Schaum. Es konnte nicht vorbei sein, das wäre zu einfach. Er musste irgendwo, zusammengekauert wie eine Kröte, im Dunkeln hocken, vielleicht unter der Brücke, mit weit aufgerissenen Augen im gelben Gesicht.

Ich hob einen Kieselstein auf und ließ ihn fallen. Der Stein traf die Wasseroberfläche und versank. Ich lauschte. Kein Plätschern, kein Seufzen, nur das Knarren der Brücke, das mich herumfahren ließ.

Doch hinter mir war nichts als Nebelschwaden, die quer über den stillen Kanal trieben, und in der Ferne, irgendwo weit draußen auf dem Strom, hörte man das Tuckern der alten Fähre näherkommen, und sehr viel später, wie in einem anderen Leben, einen Wagen halten und eine Autotür schlagen.

Schritte näherten sich. Aus dem Nebel reckte sich mir ein Arm entgegen und eine Hand packte mich mich festem Griff. Dann schob sich Krummnows Gesicht in mein Blickfeld, es war das Gesicht eines Froschs unter Wasser.

»Alles in Ordnung soweit? Geht's Ihnen gut?«

Ich nickte und schnappte nach Luft. Carlos kam heran, schnüffelte im Nebel, bereit, unangenehme Gerüche wahrzunehmen. Er schien auf keinen gestoßen zu sein.

»Alles klar?«, fragte Carlos.

»Ich bin froh, dass ich noch lebe«, erwiderte ich. »Mein Gott, ich hab es wirklich überlebt!«

»Wo ist Alte Socke geblieben? Ich bin ihm etwas schuldig wegen Fanny.«

»Das hab ich schon erledigt. Wir sind schuldenfrei.«

Ich bewegte meinen Kopf in Richtung Brücke, dort, wo ein Gespenst zwischen verrosteten Pfeilern trieb.

Ich wandte mich an Krummnow.

»Seine Hütte ist voll von Beweisen.«

»Ich werd's mir ansehen.«

»Was habt ihr Schlafmützen nur so lange getrieben?«, fragte ich.

»Der idiotische Taxifahrer war noch blinder als ich.« Carlos tastete sich bis zur Ufermauer vor und setzte sich neben mich. Krummnow ließ sich auf der anderen Seite nieder, und unsere Füße baumelten beinahe bis in das dunkle Wasser hinab. »Hat nicht mal zum Polizeirevier gefunden. Wo ist der Typ? Der kriegt noch was von mir.«

Ich lachte auf und spürte die Tränen fließen.

Krummnow beugte sich zu mir hinüber und musterte mich von oben bis unten.

»Sind Sie verletzt?«

Nirgends, wo man es sehen könnte, dachte ich. Irgendwann, in zehn Jahren vielleicht, wird es an die Oberfläche kommen und Kat, hoffentlich, ganz kurz nur aufschrecken, bevor sie weiterschläft in meinen Armen.

Ich muss jetzt erst mal telefonieren, dachte ich. Kat, würde ich sagen, komm bitte zu mir zurück. Bleib bei mir und schütze mich vor den Einsamen.

»Ich bin nicht verletzt«, antwortete ich Krummnow.

»Gott sei Dank«, meinte er. »denn wer zum Teufel sollte sonst mein Buch lesen.«

Ein weiterer Wagen rollte heran. Carlos zog schniefend die Luft ein.

»Ich kenne dieses Auto.«

Heide Waldschmidt steckte den Kopf aus dem Fenster.

»Mein Gott, was für ein Anblick, drei Marsmenschen im Hafen von Niewetow.«

Wir waren zu müde, um darauf zu reagieren.

Heide stieg aus, trat hinter mich und blickte eine Weile stumm ins Wasser.

»Ist endlich alles vorbei?«

Wir nickten wie das Publikum einer Spätvorstellung, unfähig, den Blick noch von der Leinwand zu wenden, die ein pechschwarzer Wasserspiegel war.

»Mein Gott, du zitterst ja vor Kälte. Du holst dir noch den Tod. Ist es in Ordnung, wenn ich den Ärmsten mit zu mir nehme?«

Krummnow nickte.

Ich legte den Arm um ihn und drückte ihn an mich.

»Wie wär's mit einer Flasche Krimsekt und später vielleicht ein paar Bier?«, schlug ich vor.

»Gute Idee«, sagte Krummnow. »Bei mir im Wintergarten?«

»Kommen Sie auch mit, Carlos?«, erkundigte sich Heide.

»Wüsste nicht, wer mich daran hindern sollte«, entgegnete der Kubaner.

Autos kamen heran, ein Taucher machte sich fertig, um hineinzuspringen und die schaurige Gestalt unter der

Brücke hervorzuholen. Krummnow ging hinüber zu Renkes Hütte. Ich stand bibbernd da, bis Heide mich in eine Decke wickelte und mir in ihren Wagen half. Dann fuhren wir mit Carlos am Kanal entlang, ließen den planierten Pier und die dunkle kleine Hütte, in der die Werke von Freud und de Sade einsam vor sich hindämmerten, und die kleine Werkstatt, wo morgen wieder eine Gruppe alter Männer sitzen und auf die letzten Züge des Jahrhunderts warten würde, hinter uns in der Nacht verschwinden.

Während wir so dahinfuhren, glaubte ich, da draußen mich selbst zu erblicken, einen Vierzehnjährigen, der vor Sonnenaufgang mit seinem Ranzen zum Schulbus eilte. Etwas später sah ich mich wieder, etwas älter, mit neunzehn, wie ich volltrunken mit Lippenstift am Hals auf meinem Nachhauseweg gegen Laternenpfähle lief.

Kurz bevor wir in den Waldweg zu Heides Strandhaus einbiegen wollten, kam uns dröhnend ein Geländewagen entgegen. Wir mussten ihm im Bogen ausweichen. Bin das auch ich, fragte ich mich, in ein paar Jahren vielleicht? Und Kat neben mir auf der Rückfahrt von einer Party? Der andere Wagen verschwand in der Dunkelheit. Die Zukunft musste noch warten.

Als wir endlich bei Heides Haus zum Stehen kamen, hatte ich das Gefühl, in einer äußerst banalen Gegenwart ein ungezügeltes Leben voller Abenteuer zu führen. Wir stiegen aus und warteten, dass Carlos sich endlich in Bewegung setzte.

Da hob er mit einer dramatischen Geste den Arm.

»Platz da, wenn euch euer Leben lieb ist!«

Wir traten erschrocken beiseite.

»Lasst euch vom Blinden zeigen, wo es langgeht!«

Er schritt uns voraus.

Wir folgten.

DANK

an meine Frau für ihre Beharrlichkeit, an meine Kinder für ihre Ungeduld, an Axel Haase für sein Vertrauen, an Katharina Picandet für ihre Sorgfalt, an Claus Heck dafür, dass er zur richtigen Zeit am richtigen Ort war und an Ross MacDonald dafür, dass er, angeregt von Raymond Chandler, Ray Bradbury zu dem Roman *Death Is A Lonely Business* anregte, ohne den mein Buch so nicht zustande gekommen wäre.